鹰翼之醒

To Wake the Ealge Wings

卜知客 著

人民东方出版传媒
People's Oriental Publishing & Media
東方出版社
The Oriental Press

谜托邦

世上本没有谜，猜的人多了，也便成了谜。

人物表

✡ 陆鸣

航校机械班学生，陆溪堂之子，是在身世懵懂中炼就超强意志的少年。

✡ 孙荣

航校飞行班学生，陆家养子，命运让他迷失，爱情帮他找到归途。

✡ 英迟

飞行班插班生，长着灰色翅膀的少鹰王，残酷却并不冷血，因仇恨而成为弑父者。

✡ 陆慈

航校校长办公室秘书，陆溪堂长女，以照顾两个弟弟为终生使命。

✡ 沈念

航校机械班学生，著名飞机制造师之女，她不断帮助陆鸣脱离险境，拼尽全力守护爱人的内心。

✡ **英儿**

插班生，英迟的妹妹，受鹰人爱戴的鹰国公主，单纯热情，不可自拔地爱着孙荣。

✡ **Frida**

航校英语教师，原名英膺，美丽性感的黑鹰无翼者，她是英迟下属，却暗中守护着白鹰王子的周全。

✡ **梁平**

航校机械班班主任，外表温文尔雅，实则心狠手辣，是猎鹰人的首领，也是世上仅存的蛇人。

✡ **鲁阿**

英迟的侍从，一心为主，却不被英迟信任。

✡ **王平治**

航校教务长，原名白栩，白鹰隐翼者在人间的领袖，致力于寻找白鹰王子，完成复国大业。

✡ **易之天**

飞行班插班生，白羽鹰人，白鹰王子的忠实守护者。

✡ 李耀

航校校长，陆溪堂旧友，照顾着陆慈姐弟三人。

✡ 白鹰王翊

鹰国高瞻远瞩的君主，致力于黑白鹰族的融合，却被黑鹰推翻。

✡ 陆溪堂

民国才子，白鹰王的人间至交，危难之际收留了白鹰王子，最后惨遭杀害。

✡ 仓水决

长着络腮大胡的猎鹰人，带陆鸣入门的老猎手，总是暗中帮助陆鸣。

✡ 英希

黑鹰摄政王，史上最残暴、冷血的黑鹰，一心想把英迟培养成傀儡。

✡ 方生

临阳市长，曾与蛇人合作，意图消灭所有异种。

目录

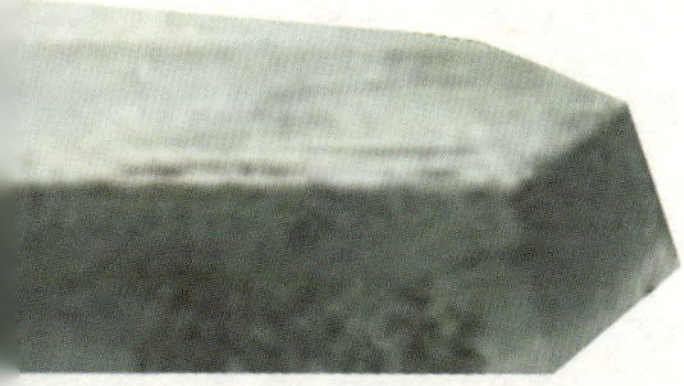

楔子

我的孩子……

蛇的盘绕让一切生灵都开始紧张。那些散落一地的碎壳使蛇的生育变作戏弄，蛇顺着死亡的气息盘绕生命树上升，她知道凶手是谁，她永远知道凶手是谁。神安排她和他做了邻居，可这为邻的情谊，却被居住在树冠的鹰，践踏了。

他竟吃掉了我的孩子。

蛇的每一次滑动都带着复仇气息，生命树转为明黄，鹰的啁啾让蛇出离愤怒。她曾把鹰看作神创世以来，最亲密的朋友。她曾日日盘绕于树根，静卧，听鹰的啁啾，如今想来，那都是折磨人的喋喋不休。

为什么吃掉我的孩子？蛇看到鹰同样明黄的眼睛，禁不住问。她希望鹰能否认，可他点点头，只是轻描淡写地说："只是饿了。"

只是饿了……蛇的身体战栗，狂笑不止。突然，这蛇口中钻出一名男子，怒发冲冠，白衣飘散，身体裸露处尽是青苔松木。男子本双手合十，却扭身从蛇张开的口中，抽出一柄缠蛇剑。他提着这柄寒光冷剑，来到鹰巢里最温暖的地方，一下、两下、三下……他举剑将鹰的孩儿砍得稀碎，他们不是蛋壳里钻出的小鹰，而是长成婴儿模样的鹰人。然而现在，鹰巢中没有婴儿，只有零碎的尸体。鹰悲痛，通过婴孩的亡灵召唤出神，悲痛欲绝的他跪下，首先祈求的却是神的宽恕。他为吃掉蛇卵中的生命灵体深刻忏悔。让蛇震惊的是，神竟因此有意赦免鹰的罪过。蛇不忿。神总是更喜欢忏悔者，而不是沉迷于复仇的蛇。

这不公平。蛇怒吼，冲上去试图扯断鹰的翅膀，撕烂他的脸。神又一次制止了他。

“蛇，你听着。因为你的残忍和暴虐，我将抽掉赋予你族类的智根，没有智根，快乐和幸福终将远离，你族注定潦倒，族人互相痴缠，繁衍却变得困难。你的后代也将被神界封存，没有神谕，谁都不能把你的后代带往你生存的土地。”

这不公平！那白衣者忍无可忍，他举起神剑，朝神劈去，神岿然不动。白衣者一剑便将神劈成两半，然而神没有倒下，被劈开的缝隙里流出星光，围住了世上每一条受诅咒的蛇，他们因此鳞光闪闪。

鹰在这一刻受到惊吓。他这才想起应该守护神，而不是冷眼旁观。如今留他独自面对疯狂的蛇，他倒是有些不安起来。翅膀张起，他决定带神飞离生命树，寻求新的落脚点。

然而神拒绝了他。

“你已经受到了惩罚，鹰人们已经受到惩罚。”

说完神便闭上了眼睛。当然，他不是死了，只是永远地闭上了眼睛。

鹰抱着神裂成两半的身体，试图揣度那个惩罚。

究竟什么惩罚？鹰问神，神再不回答。鹰无助地扭身，蛇已不见踪影。生命树开始抽搐，树叶顷刻落尽，枝条不断缩回树干，而树干不断自湮于大地。神的两半身体在鹰的手里重若玄山，他只好将神抛下，张开巨翅，飞入天穹。

第一章 黑羽

临阳城正从昏然的午睡中慢慢醒来。苍翠环绕着城，像在绿意里打着哈欠的兽，临阳城此刻丢掉了戒心。这城周围没有一片裸地。草甸厚厚一层，爬过土地，四季绵延的生气一直漫过榕树林，抵达箭竹远山。陆慈仿佛嗅到箭竹的青气，午睡结束了，她睁开眼睛。

打开屋子，阳光刺眼。正是晒被子的好时候。陆慈想到弟弟陆鸣害热，那被子总是潮兮兮的。她把被子一点点慢慢展开，阳光蒸发出弟弟身上特有的汗味。陆慈闻着，感到满足。是该把他在航校宿舍的被子也拿回来晒晒了，陆慈想着。

这时，一只黑色的羽毛轻飘飘落在被子上。陆慈捡起那羽毛的一瞬，脸上的表情突然化为惊恐。她看到的不是羽毛，而是一柄闪着黑光的匕首。这城市平和的绿，瞬间便被划破。

“食人鹰！”

街上的人开始叫喊，那些刚把屋门打开的人匆匆又把门窗关上。陆慈拽起弟弟的被子，胡乱抱着冲回屋里，把门牢牢栓上。

“窗户！”她边叫边往楼上跑。陆鸣害热，他午睡肯定是开着窗的。“孙荣，窗户！”

正在午睡的孙荣听到楼下陆慈的声音，猛地睁开眼睛。尽管她的声音微弱，但孙荣马上便感应到危险。他从床上跳起后，又跃到窗前。

一双明黄色的恐怖眼睛正逼近这扇小窗。展开的墨色双翅如天空的一道丑陋疤痕，结着黑痂，迫近孙荣奔赴的小窗。在这一瞬，陆慈以为天塌了。

只听“啪”一声，食人鹰撞在孙荣及时闭紧的窗户上。然而，即使是加厚的双层玻璃也无法承受食人鹰的速度。鹰用利爪猛烈敲打着窗户，玻璃出现多条裂痕。孙荣呆立窗前，陆慈一把把他推开。

“站着干什么？快把陆鸣叫醒！到楼下去。”

孙荣这才缓过神来，转头摇醒陆鸣。

“陆鸣，起来！真是不要命，起来！”

陆鸣翻了个身，依然没有睁开眼睛。

“姐，你看他。我叫不醒！”

“叫不醒就把他背下去。该死。”

陆慈手里挥舞着一根晾衣杆，“快点啊！”

孙荣把睡得太沉的陆鸣扛起来，狠狠掐了他一下。

“哎呦！疼死我了！”

陆鸣终于醒了过来。

孙荣把他拽下床。“睡睡睡，你就知道睡。食人鹰来了！快跑！”

“食人鹰来了跑什么，不该待在家里吗？”陆鸣朝窗口走去，不禁倒吸一口冷气。玻璃已经完全崩裂碎成沾血的碴子。

血来自那只金色的爪子，它正试图拗断八横八竖的窗棂。陆鸣挺身站在陆慈前面。食人鹰看到陆鸣，突然狂躁起来，张开尖喙，一阵嘶鸣。

“你站这儿干什么？快给我走！”陆慈喝道。

“要走一起走。你拿着晾衣杆站这儿又干什么呢？”陆鸣把晾衣杆夺过来，用力捅向那只黑色的老鹰，却被它的利爪一下拗断。食人鹰扳开窗棂，马上就要钻进来了。

“跑啊！”孙荣站在门口高声喊起来。陆鸣拉起陆慈往楼下奔，食人鹰却突然被一条蛇样的绳子锁住脖子。陆鸣停住脚步，只见那“小蛇”盘绕得越来越紧，鹰明黄的双眼暴突，越来越浑浊，根根羽毛乍起。陆鸣突然捂住陆慈的双眼。就在这时，黑红色的血四溅，鹰头生生被蛇索挤爆了。陆慈再次睁开眼睛的时候，只看到鹰朝后一仰，倒在了她晾被子的木杆上。

陆鸣不顾陆慈反对，奔到院子里，找到那条蛇索。它看上去不过是一条用蛇皮搓成的绳子，软趴趴躺在地上。陆鸣伸手去拾，只轻轻一碰，手却一阵痉挛。那蛇索躁动、蜷曲起来，突然有了生命。

“趴纠（滚开）！”一个长着络腮大胡的男人粗声粗气地喝道。他的头发乱蓬蓬的，干草一样粘着凝固的鹰血，左臂膀绕着一尾蛇文身，右手臂缠满蛇索，满身串着蛇骷髅。他一只眼睛半张，另一只几乎完全黏在一起。大胡子走上前来拾起蛇索，陆鸣发现，在他手里那蛇索跟普通绳子无异，一动不动。

“食人鹰会吃人的！”络腮大胡喝道，“你最好滚回你的小屋子里去。”

“不是已经被你……”

陆鸣一句话还没说完，便有数只金色鹰爪从头上掠过。络腮大胡徒手把陆鸣塞进屋内。他非常壮硕，行动却又异常轻捷灵巧。陆鸣伏在窗台上，看着那络腮胡子竟集结出一支猎鹰队伍。每一个猎鹰人身上都文着蛇形文身。

“孙荣，你快过来看。猎鹰人终于进城啦！我老早就听人家说，这猎鹰人都是厉害角色，个个身怀绝技，都是英雄好汉。”

孙荣走过来，蹲下。

“你真是看热闹不嫌事大。他们算什么英雄好汉，不过是想找食人鹰报仇罢了。”

“报仇也是英雄啊。你到底站在哪边的？”陆鸣不忿。

孙荣望着黑压压的天空，叹了口气：“猎鹰人进城说明食人鹰对人类的威胁，已经到了政府都无法控制的地步。这还不定死多少人呢。”

陆鸣无心再听孙荣的悲观分析，他的眼睛全被那个络腮大胡吸引住了。

“危险！”

大胡子攀着雨棚跳上屋顶，还未张开捕网，但见高空中一个黑点极速俯冲，他就被鹰的怒爪拽离屋顶，胳膊上的皮套瞬间纷飞成屑。陆鸣紧紧扒住窗台，刚想打开窗户，便被孙荣拽了回来。

“找死！”

就在这时，络腮胡眼疾手快，甩出蛇鞭，圈住鹰的脖颈。陆鸣惊讶地看到，蛇鞭紧紧裹住的那一圈羽毛竟然全部断裂，轻飘飘落向惊恐的城市。但黑鹰不是那么容易就被制服的。蛇鞭绕得越紧，它的鹰爪挠得越凶，大胡子都要避闪不及。但他显然是老猎手了，并不畏惧足以把他撕成两半的锐爪。大胡子左手紧钩干裂的鹰爪，右手蛇文暴突，似在游动，一声怒吼，硕大一只黑鹰竟被他生生拽离天空。踩着屋脊奔跑的猎鹰人张开巨网，又一只食人鹰被成功擒获。

“太厉害了，是不是？孙荣？”陆鸣扭头看向孙荣，然而孙荣站在陆慈后面，朝他使眼色。陆慈把陆鸣从窗口拖到屋里的椅子上。

“很好玩是不是？”陆慈看起来非常生气。

陆鸣只好说：“不好玩，但是很厉害啊。姐，你不觉得吗？那个大胡子以后就是我的目标。我也要成为他那样的人，捏爆食人鹰的脑袋。”

“啪！”陆慈一掌甩在陆鸣热血沸腾的脸上。陆鸣的热血凝固了。孙荣也看得目瞪口呆。作为陆家养子，他看惯了陆慈对陆鸣的宠溺，眼前这一幕，竟让他有点不能理解了。

“知道你的命有多宝贵吗？”

陆慈甩下这么一句话便气冲冲走到窗边。漫天黑羽如染血的匕首，刀刀插进陆慈的眼睛。她开始后悔把家安在了这小城。

她该带着弟弟去更远的地方。

第二章

弑父者

这日下午，陆慈以为会在大难后看到短暂的平静。她几乎悬着心走在路上，行人稀少，大家都贴着墙角快步行走，仿佛脚边的土地踏错一点就是深渊，或者土地本身就是莫测薄冰。在这当街口，陆慈却发现一个佝偻的男人拽着他的女儿，在路中央走得极快。那女儿的脚似在漂浮，轻灵得很，可父亲步履匆匆，却无比滞重。陆慈刚想提醒做父亲的实在该贴着边走，可喉咙里还没酝酿出声音，眼前突然掠过一片黑光，闪电般击中那个父亲。道路开始扭曲，街上顿时纷乱。陆慈下意识闭上眼睛，恐怖的啁啾像是飞远了，她张开眼。

陆慈的噩梦在城市上空重演。那个被鹰爪攥得过紧的男人的身体，在女儿惊恐的眼中，像风筝一样，断了线。陆慈捂住小女孩的双眼，十年前，她也是这样，惊恐而迟钝，目送自己的父亲。

如果不是眼前一幕的重演，父亲，仍是陆慈记忆里断线的风筝。

可何必骗自己呢？父亲早被食人鹰撕成碎片。

陆慈抱紧那女孩，在街上寻找她那或许没能力掩盖脸上惊惶的母亲。

也许，她还有母亲。

城市已经习惯了危机四伏。如果在这一天里，你能活着迈满日常生活里每一天的常规步数，而不是被鹰爪带到坟场一般的天空，你真该回家插上门，喝酒庆祝。陆慈没有喝酒庆祝的习惯。她只是继续调制药酒，按父亲说的那样，小心翼翼地把那黄色的液体，灌进一个又一个玻璃小瓶。陆溪堂喜爱这些小瓶子，常把瓶口放在鼻尖儿上闻了又闻。陆鸣却不愿闻这味道。陆慈记得，父亲总是硬把陆鸣逼到榻上，她按着陆鸣的膀子，孙荣拢住陆鸣淘气的脚。这时，陆溪堂就会把药塞子拔掉，药酒倒在手上，使劲搓了又搓。陆溪堂几乎是怀着愧疚和无奈，把那双宽大却瘦削的手，热腾腾压在陆鸣的背上。

这对一家人来说都是一种奇异的感受。陆慈仰望着父亲岩石般伟岸的面容，慈爱总在这时化为潺潺溪水，流到孩子们的脸上。然而，随着陆鸣从幼儿长成小童，父亲每一次给儿子上完药酒，似乎都比儿子还要难受。过去陆慈不能理解这变化的因由，可父亲去后，这些药酒瓶子便被她光荣继承了。当然，一同被她继承的还有弟弟们的秘密。

“爸爸呢？”

陆慈听到耳边有奶声奶气的疑问。她从回忆中惊醒，感到怀里一沉，这才意识到她抱着一个孩子，而她们仍处在危险之中。陆慈加快脚步。她需要一个屋顶，这孩子需要一个屋顶。街上的人兀自躲到家里去了。陆慈敲门，无人回应。往谁家廊下躲吗？起不到任何作用。在路人凌乱的步子里，陆慈终于发现一片气根琳琅的榕树林。至少是个避难的地方吧，陆慈毫不犹豫地朝那里奔去。怀里的女孩似乎意识到什么，这一次略带恐惧地发问："爸爸呢？"

陆慈在喘息里搜寻她可能给出的答案，然而没有哪一种能粉饰丧父的惨痛。那些该死的猎鹰人呢？为什么就没有人能在父亲被利爪刺穿他的心脏以前，救下他？陆慈看着女孩的眼睛，看到自己的无助。一片黑影掠过密匝匝的、枝叶繁茂的榕树顶，同叶子的阴影混为一潭。陆慈又闻到那煞人的味道，腥得让人发呕的食人鹰的味道。她贴着树干，凹陷在榕树本该迷人的沉默里。她甚至捂住那女孩的嘴，怕她出声引来食人鹰，更怕她再问出那个让她无法回答的问题。

"爸爸呢？"

陆慈望着成对腋生的榕树果，想起自己曾得到的答案：在竹屋。

陆慈端着一碗刚做好的甜羹，往竹屋走。那是父亲陆溪堂建在严陵山上的小筑，在漫山遍野的竹林中，他偏要自己种一片竹子。陆慈刚走到门口，小竹内隐约有人声。陆慈一眼瞥去，看到一抹人影。她驻足。父亲有客时，做女儿的不愿轻易叨扰。可小竹的翠绿突然窸窸窣窣，不一会儿，竟开始碎了。父亲的声音里裹挟着愤怒。陆慈清楚听到，父亲让谁快跑的呐喊。手里的甜羹黏稠地打在陆慈的绣鞋上。她的小步子根本来不及迈过那些其实还很嫩的翠竹，一个黑影平地而起，连同陆溪堂的身体，和陆慈过去十几年的幸福安宁，以极快的速度，冲入天空。

不！

那人身上素净的长袍，烂布条一样，风中凌乱；那人平日里挺拔的身体，失了力气；那人，总说着出入该体面，可秽物沾了一身，血浇灭了他古怪的脾气……那是父亲吗？竹叶划伤了陆慈含泪的眼睛。一片朦胧中，陆慈第一次看到后来在临阳猖獗的食人鹰。

这是一种鹰样的怪物，翅膀巨大却斑驳，黑色的羽毛稀稀落落，它的尖喙看上去坚硬，然而残破，头上带着盔，身上还挂着甲片。它飞落在竹屋的屋顶，陆慈尖叫起来，那怪物要进食了！可父亲，他，怎么能作为食物，死去？陆慈的手尽管已经痉挛，她还是摸着脚下的石头，无力地朝屋顶投去。几乎只剩下一半的喙这时猛地刺向陆溪堂的眼睛。鲜血飞溅在那怪物破落的盔上。

陆慈痛得失声，然而一声响亮的孩子哭声，突然在背后响起。陆慈扭过头来，看到年幼的孙荣哭着从石头堆里跑出来，他吓坏了。陆慈奔过去抱住孙荣，几乎在同一时刻，一双白色的翅膀挡在陆慈面前。

陆慈最初以为这是食人鹰的同伙，可她明明在翅膀之外看到人类的双腿和一双灵活的，尽管是长满羽毛的手。他一跃而起，腾空一瞬，食人鹰便同丧了魂魄一样，扑扇着翅膀，仓皇飞离竹屋。

长着雪白翅膀的人把伤痕累累的陆溪堂带回小竹之间，将羽毛、竹叶盖在他几乎四分五裂的身体上。陆慈的眼泪扑出来，她抱着抽抽搭搭的孙荣走向父亲。

那怪人这时振翅向后一退。陆慈看清他的正头顶蓄有一条三尺来长的辫子，银色，直插入云。他的脸上戴着一个金喙面具，眼睛竟同刚才那食人鹰一模一样，都是沉浸在眼珠子的明黄里，会疯的那种。

鹰人？

陆慈试图开口，喉咙却像被塞住一样。他只是朝陆溪堂深深一鞠，瞥了眼孙荣，又朝陆慈鞠了一躬。鹰人张开巨大的翅膀，如大鹏鸟一样凭风飞离严陵山。此后十年，陆慈再未见过挥着白翅的人，倒是那些可怖的食人鹰总盘旋在陆家人的屋顶。陆慈常常怀疑自己，白鹰人是不是她惯常的，为美化血腥场面杜撰的回忆，因为明明在现场的孙荣一直在否认白鹰人的存在。然而，更让陆慈感到奇怪的是，当时根本不在严陵山的陆鸣，却总无比认真地说，那是真的。

一阵孩子的哭声响起，陆慈被回忆推了出来。榕树林里继续弥漫着越来越让人崩溃的紧张。腥臭味灌入耳鼻，一片浓重的阴影紧贴着面颊。食人鹰正在朝她们靠近。陆慈紧紧抱住那刚刚失去父亲的女孩子，任她放声大哭，任她替自己放声大哭，然后闭上了眼睛。

“乖，啊，没事了。”

陆慈以为浑身骨骼都会被捏碎，眼睛会被啄成血窟窿，可没想到怀里首先一松。她睁开眼，一个皮肤黝黑而光洁的男人，抱走了怀里的女孩。这人的发式极为古怪，头顶上盘出一座山峰，像极了倮倮人畜的“天菩萨”。

陆慈颤巍巍站起来，看清了他的长相：深眼窝，厚嘴唇，鼻梁高得让人惊叹，脸上竟连丁点胡茬都没有。他根本称不上是男人，不过是比弟弟们看上去成熟点罢了。陆慈试图抱回那女孩，少年却用他壮硕的胸膛，充满冒犯地一挡。

陆慈窜起一阵火。“年纪一点点怎么不晓得礼貌呢？”

少年笑盈盈地看了一眼小女孩，扭过头来却突然变脸，恶狠狠地盯着陆慈。

“我，英迟。听着，你不会想惹我的。”

自称为英迟的少年又笑盈盈地逗怀里的女孩子，很快她咯咯笑了起来。陆慈上下打量英迟，不记得临阳城里有这号不懂事的孩子。他身披羊毛擀制的披毡，青灰一片，却尤为锃亮，层层压着过于整齐的褶，裤子像车夫一样绑在脚踝处，外面还套了一双硬挺的皮靴。他的眼皮单薄，可眼窝子真像凹到深井里似的，看不到底。

陆慈顶着腿部的麻痹，多迈了两步，挡在英迟面前。

“把孩子给我，我还要带她去找妈妈。”

英迟诡谲地笑笑：“妈妈？小妹妹，你告诉哥哥，你有妈妈吗？”

小姑娘看着突然从天而降的大哥哥，充满信任地说：“我没有妈妈，我只有爸爸。爸爸，他，他被老鹰叼走了。”

小女孩排山倒海的哀伤经自己一提醒，汹涌而来。眼看她又要号啕大哭，英迟把陆慈往边上一推，穿过气根，走到一个工人模样的人跟前。

“别哭，乖，这不是爸爸吗？妹妹，这不是爸爸吗？”

陆慈赶紧跟了上去，仿佛看到奇迹。

这不是刚刚被食人鹰叼走的女孩的父亲吗？他怎么？

“爸爸！”女孩甜美的声音让陆慈来不及深想。

“小姐，谢谢你照顾我女儿。”做父亲的搂住自己的孩子，朝陆慈深深鞠了一躬。他鞠躬的方式那样熟悉，真诚而高傲，似乎对眼前人世都保持适度的距离，而他眼神里的高贵让陆慈怀疑他根本就不是工人。陆慈的脑海中凛然浮过那个曾向她和父亲鞠躬的白鹰人。是啊，他们有着几乎一样的眼睛。那种耀眼的黄色，正一点点浮上来。

“还不走吗？”

陆慈听到那个没礼貌的少年在催她。

“怎么，你们认识？”陆慈反问英迟。

“我不认识他，但他早就认识我。”英迟朝那对父女走去，他的黑披毡鼓胀起来。

陆慈看向那个工人模样的人，希望能从他的表情中得到确认。他点了点头，脸上没有大难不死的庆幸，反而写满决绝和平静。

“快走吧，小姐。天快黑了。”他这样劝陆慈。

陆慈走过去又摸了摸女孩的脸，对小女孩父亲说：“你千万保护好自己，早点带她回家。这路上毕竟不太平。”

“走吧。”

陆慈感到那少年在她的背后猛推了一把。

“今天不会再有食人鹰。”

“这种事情谁都没法保证。”陆慈瞥了英迟一眼，简单整理了一下自己的衣服，朝城区走去。

“千万不要在你女儿面前再消失了。”就要走出榕树静谧的阴影，陆慈忍不住又回头叮嘱那位父亲。可在刚刚她站过的地方，竟一个人都没有了。

父亲、女儿、少年，陆慈竟一个都找不到了。

她的心里升起一阵恐慌，一根沾了血的白色羽毛落在她的手上。

陆慈仰头看天，晚霞铺满。她找不到父亲的影子。

他根本没有逃过劫难。

榕树的气根在渐渐加重的阴影里，变成垂吊的手臂。英迟一个人在林中穿行，披毡掀起阵阵的风。又一个白鹰隐翼者被干掉了，英迟并不得意。在没有看到女儿以前，他明明已经投降了。可抱到女儿以后，他就不那么听话了。

弱者注定被亲情埋葬。英迟轻蔑地走过失败者父女的尸体。

何况那女儿都不是他亲生的。

侍从鲁阿在树林深处，已经等了有一会儿了。他的头上也盘着一座山峰样的“天菩萨”，两鬓修得极为干净，脸颊松弛，皱纹纵横。鲁阿把身体藏在鼠灰色的披毡里，朽木一般蹲坐。看到有些疲惫的英迟终于走了出来，他迎了上去。

英迟把染血的披毡换下来，扔给鲁阿。鲁阿把一件黑色的干净披毡搭在他肩上，刚要伸手去系缀有金羽毛的带子，英迟挥手挡开。

“我自己来。”

“顺利吗？”鲁阿问道。

英迟摇摇头，“我还以为至少有一次可以相信那些渣滓。可他一见到女儿，就不听话了。”

鲁阿把脏披毡叠起来，跟在英迟后面：“然后呢？”

“还有什么然后？我把他的心脏挖出来了。”

英迟轻描淡写。

“那么他的女儿……”

“有点可惜。吓死了。”

“其实都算不上是女儿吧，我听说隐翼者有一个铁的纪律，不能跟人类通婚，所以他们所有的亲缘关系都是假的。”

“保持血统的纯正，不就是为了这个吗？”英迟边走边说。鲁阿跟在后面，眼睛偷偷瞟着英迟，生怕刚才的话，刺到王的痛处。英迟的表情没有任何变化。倒是喉咙里一阵奇痒，似乎有什么东西正涌上来。一口血水吐在地上。鲁阿赶过去扶住英迟，英迟又把他挡开。

打斗还是让他负了伤。呸。

头上的山峰突然崩落，一根又粗又长的辫子顺着肩膀落下，在密实的草甸上盘踞成乌黑的明珠。那正是鹰神遗落的眼啊！鲁阿禁不住感慨。英迟却不顾那通神的辫子，只盯着自己刚刚呕出的一点血。突然，他阴森森地笑起来。

“看到了吗？这血里有一半是白鹰高贵的血。鲁阿，你凑近来看看啊。”英迟开始大笑，“我卑贱的、黑鹰的血里有高贵的白鹰血呢，你倒是给我看看啊，有什么不一样的吗？是掺了金子还是钻石啊？”

鲁阿有些怜悯地看着他，不敢上前。年少的王还是无法走出被放逐的阴影，即使亲手弑父也治不了他的痛。

英迟低着头，呼吸开始滞重。

他宁愿不要那一半的高贵。就当个平民该有多好！

英迟擦掉嘴边的血，抬起头来。

“一定是那个老头儿。”

“什么？”鲁阿有些走神了。

英迟接着朝前走。“老奸巨猾的东西，一定是他想出来的主意。”

“你说的是，白栩？他定了这个规矩？”

英迟点点头。“就是我那个冷血的皇叔。他又是隐翼者的头目——对了——”英迟突然停下来，鲁阿差点撞在他的肩上。

“你们找到他了吗？”

鲁阿佝偻着身子，摇了摇头。

英迟斜眼看他，突然有些愠怒。

“一点线索也没有吗？”

鲁阿还是摇了摇头。

“噶噶里！”英迟的眼睛在黑夜里泛起黄光，身后的披毡半张。鲁阿知道英迟这是真的生气了，吓得赶紧跪倒在地。

“王！白栩的狡猾，他，他那么狡猾……我们……”

“他是狡猾。那你告诉我，我那个同父异母的弟弟呢？你们这群废物，找到他了吗？”

鲁阿的眼睛忽然一亮。

“是，是！我想起来了，我正要跟您报告！白鹰王子就在、就在临阳城内。”

没想到英迟一脚踹在鲁阿的肩上。“蠢货！我们难道不是因为这个消息，才到这鬼地方的吗？几个月了，都几个月了？”

鲁阿爬起来，小声说道：“确认也是新消息，王，无翼者说白鹰王子就在这城里。”

焦躁的英迟安静下来，披毡如服帖的黑夜披在身上。

“你们找到无翼者了……黑鹰无翼者……”

鲁阿咽了口唾沫。“是，也是好不容易才找到的。您知道，当年白鹰王可是瞒着所有鹰人，偷偷把他们派出来的，为的是监视隐翼者，就怕他那个弟弟联合人类搞动乱。结果，啧啧，还不是被亲儿子给干……”

鲁阿意识到自己说过头了，赶紧闭嘴收声。英迟原地踱了几步，然后对鲁阿说：“你可以站起来了。”

“谢王不恼。”鲁阿颤巍巍站起来，依然半垂着脑袋。

“我听摄政王说过，无翼者虽然是黑鹰，可他们只忠于白鹰王，不是吗？”

“当然不是。”鲁阿凑近英迟，解释道，“他们的命羽可都在咱们手上呐。掌握了这个命门，还怕那些东西不听话？”

“是吗？”英迟狐疑地看着鲁阿。鲁阿后悔自己说得太多了。

“不用说，命羽都在摄政王手上吧。”

鲁阿赔笑：“在摄政王手上，就是在王您的手上，这还有什么差别吗？”

英迟冷笑一声，大步朝前迈去。

“我看差别大了。你是他最忠诚的奴才，可你能算是我英迟的人吗？”

“怎么不是？”鲁阿赶紧跟上来，“您打小就是我带的，不是，不是这么说，我打小……哎呦，我掌嘴，我是说，您打小我就服侍您了，这么多年，我……”

“好了。”英迟回过头来，脸上的冷峻让鲁阿心里一寒。

“我是一个连亲爹都敢杀的人，你，摄政王养在我身边的奴才，怎么，还指望我来给你养老送终吗？”

“不……不敢，奴才不敢……”

“那就做好你的本分。”英迟的语气缓和下来，披毡开始隆起，仿佛下面藏着一只灵兽。它扑通、扑通，势要挣开那黑布的束缚。

“安排无翼者来见我。”

“是！”鲁阿答道，看向英迟。他身后的披毡噌地飞起来，一双灰得发亮的翅膀突然绽开。英迟朝下用力一扑，尘烟迷了鲁阿的眼睛。等他再次看清的时候，英迟已经飞向暗处沃野。

黑暗笼罩在临阳城上空，漫天都是食人鹰的啁啾。英迟朝城里的寂静看着，灯火通明的城市早被暗夜吞噬，而自己就是这暗夜的心脏。他漫无目的地飞在临阳上空，在临阳航校看到了一抹星光。英迟飞过去，飞低，悄无声息，却又突然飞离。食人鹰的啁啾变得短而急促，嚣张地冲击着英迟的耳膜，这是恶魔们暴乱的前奏。英迟加快了飞翔的速度，他不得不去处理那些总是感到饥饿的恶棍。如果不是英希坚持，英迟决不会同整个鹰界无赖合作。他们一个个都能成为滥杀无辜的暴君，还好鹰神没有给他们足够的智慧。

可摄政王信任食人鹰，他们总能做到赶尽杀绝。英迟的眼珠子忽地化为明黄，在越来越快的速度中，那些啁啾成了席卷英迟身体的风暴，仿佛摄政王那越来越多的咆哮和怒吼。

这个早早就称王的少年，太清楚在重建的穹城，自己处在什么地位。

他不是不在意。他只是想亲自找到那个同父异母的高贵兄弟。

第三章

蛇索

“我总有一天能当上猎鹰人。”

陆鸣嘴里嚼着这个早晨吃下的第15个包子，面向窗外。满街都是黑亮的羽毛，许多人家的墙上都沾着血。一些勤快的主妇已经开始清理。陆慈正在花园里擦洗晾衣杆，但鹰血太腥了，陆慈好几次捂住鼻子，跑开，呼吸些新鲜空气，然后再跑回来接着擦。陆鸣用力嗅了嗅，似乎也没闻到什么特别的怪味道。

孙荣推开门，走了进来，身着一身淡草绿制服，身材挺拔，双肩平直。他同陆鸣一样都是18岁，却有一种远超这年纪的英武沉稳。与孙荣比起来，还穿着睡衣、蓬头垢面的陆鸣少爷显然是邋遢多了。孙荣走到窗前，“砰”一声把窗户关上。

“少爷，要迟到了。你还不换制服吗？”

“走开。我不喜欢吃饭的时候有人在边上。你又不是不知道。”陆鸣把最后一口包子咽下，才扭过头来。

孙荣把制服套在陆鸣身上，说道：“你别以为我不知道你那点心思。不就是怕今天的分班考试吗？”

陆鸣自己把扣子扣好：“我才不怕。我就是不喜欢吃饭的时候有人看着。哎哟——”

“怎么了？”

陆鸣的右手突然抽筋似的难受，就跟食人鹰突袭那天，碰到蛇索时的感受一模一样。他使劲把手甩了甩，恢复过来。然而在陆鸣准备把风纪扣系上的时候，右手突然针刺一样的疼。一滴血，落在他的白衬衫上。

“怎么流血了？衬衫都弄脏了。”孙荣问道。

陆鸣伸出右手，发现手上有一道红痕，沿着食指冲向生命线。而那滴血就来自食指指尖，正是触碰蛇索的地方。

“不小心碰到了。好了，走吧。”陆鸣不再多想，拉起孙荣就往屋外冲。可刚跑到街上，陆鸣就放慢脚步。

“怎么不跑啦？”孙荣问。

“出来了还跑什么？”陆鸣越走越无精打采。

“原来你是不想碰上姐，怎么，还在怨姐掴你那一掌吗？都跟你讲了，她是担心你。”孙荣安慰道。

陆鸣反驳道：“我不要这种担心。我想要她相信我一次，我能行，肯定能行。”

“你还是先过了分班考试，再说这种‘我能行’的话吧。”

陆鸣停下脚步，说道：“是，在你们心里，我就是一差生。在航校里，无论是体能还是理论，我都是垫底的。可这不代表我，我——”

“我知道，你想成为一个英雄。”

“我成不了英雄。”陆鸣突然泄气，“姐是对的。我这种跑也跑不动、跳也跳不起来的人，就应该躲在家里，瑟瑟发抖。

你知道我一直都很想飞，可我怎么可能通过分班考试呢？看着吧，下周你们都当上飞行员了，我却只能孤零零地蹲在地上当机械工。”

陆鸣不自觉地看向天空，这地方的气候显示出一种难以摆脱的不安。云厚厚地压下来，陆鸣对自己感到失望。

“其实进入机械班没什么不好的。要不是因为沈念，我都想去机械班了，又安定又清闲。”

“身逢乱世，哪来的安定和清闲？孙荣，你生来就是要做飞行英雄的。真的，我现在看着你，就好像看到你戴着风镜，脖子上缠着那条细长的飞行围巾，驾驶波特斯战斗机飞越驼峰的帅样子。哇。”陆鸣边说边张开手臂，却被孙荣生生把手臂按下去。

“你在想象自己飞起来的样子吧。英雄于我而言是虚伪的，我怕死。”孙荣边说边加快脚步，“快一点。真迟到了。”

“可我还想跟你说说沈念的事情呢。”陆鸣拽住他。陆鸣知道，只要一听到沈念的名字，只要是跟她相关的任何事情，孙荣总会停下自己一贯自负又傲慢的脚步。

“她怎么了？”

陆鸣说：“别怪我没提醒你啊。沈念是飞机制造师的独生女，也算是我们航校里的机械狂人吧，她的第一使命，你猜不到吗？”

“制造完美飞机。”孙荣说，“所以呢，你到底想说什么？”

“你说你多聪明一人，怎么一碰到沈念的事情就一脑子糨糊呢？”陆鸣做了个鬼脸，步履轻盈地朝前走去。孙荣追了两步，两人来到临阳航校的偏门。

“真迟到了。错过考试可怎么办？大少爷，我以后再也不跟你一起上学了。”孙荣懊恼地跑进学校，而陆鸣依旧不慌不忙地跟在后面。

这一对好兄弟，已经入校整整一年了。

沈念站在训练场，一身便装。航校连体裤统一按男生身材制作，不少女学员穿起来难免歪歪扭扭，状若布袋。可沈念的连体裤似乎是量身定做的：肩膀尽管瘦削，却并不单薄，袖笼褶得恰到好处，在草绿色的制服里却非常得体。只一条略宽的腰带勒出沈念的纤细，这让站在布莱格战机前的她显得有点过于瘦了。教官的哨声响起，沈念告别她的飞机，朝集合点一路小跑，进入队列。

陆鸣和孙荣赶到考场的时候，体能考核已经开始了。孙荣在密密匝匝的待考队伍里寻找沈念，最后在旋转的飞盘上看到了她。孙荣目不转睛看着疯狂旋转的沈念，而陆鸣只关注那块转起来不要命的转盘。陆鸣脚下一软，对孙荣说：“你说，我一会儿上去了，还能活着下来吗？”

孙荣并不理会陆鸣，他的眼睛始终没有离开慢慢停下来的转盘，期待着沈念能在旋转里瞥到自己。然而那女孩的目光里什么都没有。绑带解开，沈念稳稳踩在地上，在一片惊呼中，走出了直线。

“她这是转了多少圈？”陆鸣眼睛都直了。

“30 圈。”孙荣的语气里都是得意，仿佛那 30 圈都是自己转的。孙荣走向沈念，她盘起来的头发有些散了，面颊还跃上一抹粉红，难得有些亲切感。沈念正准备重新整理一下头发，黑发卡掉在地上。孙荣跨了一大步，捡起沈念掉在地上的发卡。

“我帮你吧。”孙荣看着沈念耳边掉下来的一缕头发，把手伸过去。可沈念避开了。

“不必。”

沈念把发卡拿在手上，三两下便把头发整理得像早上那般整齐了。

考官这时点到了陆鸣的名字，陆鸣站在原地，完全不知所措。他知道自己应该迈开步子，充满气概地走过去，可一想到那是会让他转得神经错乱的末日刑具，陆鸣的脚似乎不存在了。仿佛是有人抬着，仿佛是有人拖着，仿佛是有人生拉硬扯，陆鸣反正是被绑起来了。他面色惨白，如刚被拍晕却还有意识的濒死之鱼，躺在一块麻木冰冷的案板上。

“开始了啊。”考官提醒道。

“案板”转起来的一瞬，陆鸣紧紧闭上眼睛，然而右手突如其来的疼痛，逼他喊出了声。这痛苦清晰，一瞬便从右手指尖灌入全身脉络，陆鸣猛地睁开眼，眼前所有人都消失了，一片明黄血浆一样打在他的脸上。陆鸣再次睁大眼睛，看到的竟是父亲陆溪堂，然而他站得很远，陌生得不合情理。陆鸣喉咙刺痛，喊不出“父亲”，他只会哇哇大哭——他只是一个婴儿！

“陆鸣！”孙荣看到渐渐失去意识的陆鸣，有些担心了。他央求考官把转盘停下，冲了上去，“你不行要喊停啊，怎么一声不吭呢？”

陆鸣倒挂在慢慢停下的转盘上，汗水浸透了他的连体裤，不断有汗珠子从脖颈处冲出，划过面颊，滴滴答答，落到地上。陆鸣痴痴张着眼睛，他那贯通血脉的痛感消失了。孙荣蹲下来，轻轻拍拍陆鸣的脸："没事吧？陆鸣？你别吓我，喂！陆鸣！"

陆鸣把眼珠子艰难地转了转，看到孙荣黑洞洞的鼻孔，一颗颗黑乎乎的头颅，还有沈念青黑的、微蹙的眉头。

"孙荣，刚刚，我看到父亲了。"陆鸣清清楚楚地说道。孙荣赶紧把陆鸣转到正位，边上同学七手八脚把他从转盘上扶下来。

"你说什么胡话呢？"孙荣把陆鸣的手搭在自己肩上，他得赶紧把陆鸣送到医务室去。可陆鸣挣开同学们七手八脚的帮忙，异常冷静地走了几步，直线，比他上转盘之前有力得多。

"我说真的。"陆鸣抓住孙荣，"我看到父亲了。"

"你是不是转糊涂了？"孙荣觉得奇怪，"你再走两步我看看，你头不晕吗？不想吐吗？"

陆鸣走了两步，这才意识到自己竟然活着从"刑具"上走下来了，走得还这么气定神闲。陆鸣已经听不到孙荣张着嘴到底在说什么。他想到刚发生在自己身上的那股摄人的疼痛，下意识地抬起右手。

只看了一眼，他便吓坏了。

一根火红色的蚯蚓样的东西，正往他的手腕上钻，陆鸣用左手扼住他的右手腕，踉跄着撞到了教务长王平治。他的眼睛冷冷扫过陆鸣惊慌的脸，陆鸣慌忙把手背在后面。

"干什么你？一天到晚冒冒失失。"

陆鸣吐吐舌头，忙拉孙荣来解围。一看到航校最优秀的学生孙荣，王平治脸上的怒气马上便消散了。他拍拍孙荣的肩，高声说：“你啊，以后要离这个陆鸣远一点。”

孙荣笑笑，并不回答。

“今天好好考，有空到我家里来。我要请我们航校未来最优秀的飞行员喝喝茶。”

孙荣点点头。站在远处的沈念朝这边看过来，孙荣这次抓到了她的目光。但陆鸣突然出现在面前，抬起他的手臂。

“孙荣，你看！”

孙荣把目光收回，看着陆鸣的手臂。

“怎么了？”

“我的手臂，手腕子，你看是不是有什么东西在往里爬？”

孙荣摇摇头。“哪有。这是血管，你可能刚刚太紧张了，血管爆出来了。”

陆鸣否认，可他的眼睛现在老老实实告诉他，他的手臂再正常不过了。“那东西呢？我刚才明明看到的。”

“好了，少爷。”孙荣拉着陆鸣离开，“你知道你刚才平衡测试的成绩是多少吗？”

“多少？”陆鸣显然已经忘记自己还在参加考试这回事。

“你得了优！比我跟沈念都厉害。我说你是不是偷偷练习过了？”

“我？比你还厉害？不可能吧？”

“真的，我刚从考官那过来，他也很惊讶，欸，你没作弊吧？”

“好像作了。”陆鸣有点明白过来。

孙荣笑笑说：“怎么可能呢？这种平衡测试都是练出来的，

你倒是跟我讲讲，你怎么作的弊？”

“是父亲，对啊，是父亲！”陆鸣眼神疯狂，突然激动起来，“我刚才不是跟你说过我在那个转盘上，看到父亲了吗？对，就是他，他特意回来帮我的。”

“别瞎说了。这测试不会给你整出什么癔病来吧？”

陆鸣又低头看看自己的手，仿佛看到父亲的鼓励，刚才的惊恐瞬间便烟消云散了。

“走啊，孙荣，下一项是什么？”

“嗯？什么？”

“考试啊！现在有父亲帮忙，我就不信我还进不了飞行班。”

“我也希望你能进。”孙荣看着陆鸣，“可是你现在的样子真的让我有点担心。”

“担心什么？我现在充满了力量，对，这就去做力量测试，怎么样？你要小心啦，我可能还会超过你。”

孙荣看着陆鸣跑起来的滑稽样子，知道他这是恢复正常了。孙荣放下心来。

“真是缺根筋。”孙荣跟了上去。他不可避免地想起养父陆溪堂，那个被称为“民国嵇康”的大才子，“岩岩若孤松之独立”。在养父洗得灰白的袍子里，总有收不拢的松下风，他旷远，他飘摇，他谁都看不上，却唯独对痴痴傻傻的儿子陆鸣爱得深沉。

也许是护犊之情吧。孙荣试图这样去理解，却总无法说服自己。在他如此崇敬和深爱的养父眼里，为何明明更优秀的自己，得到的总是满眼的凌厉？

养父的眼睛里，有过哪怕一丁点的温柔吗？

孙荣的眼前晃出一片竹林。那不是竹林，是陆溪堂栽种的数棵小竹。他倒在一片血泊中，竹叶和黑色的羽毛盖在他的脸上。孙荣抽泣着，掀起盖在他眼睛上的一片羽毛，羽毛之下，是黑的洞，洞里都是血。

孙荣摆摆头，想摆脱养父血泥淤出的双眼。但孙荣没想到，此时，就在训练场上，有另外一双眼睛始终注视他，片刻不想远离。

随后的体能测试不像陆鸣想得那么容易。他抛出铅球的瞬间便知道父亲并未与他同在。看着铅球稳稳落在离他只有两三步远的地方，陆鸣在一片哄笑中退了出来。修飞机的命运是不可挽回了，陆鸣失望地朝门口走去。

“陆鸣，”沈念拦住了他，“身体素质你还没测。”

“沈大小姐今天格外关注陆大公子啊。”多嘴的汪飞打趣着一向从不与人交恶、也不同人交好的沈念。

“你闭嘴！”沈念喝道。

“我测不测不关你的事吧？”陆鸣回道。沈念没有多言。她把陆鸣押到了考官面前，拉出他的胳膊，放到桌上。“我不想你连机械班都进不了。过了今天，你看我还理你。”

这话不说还好，一说更招来汪飞等人漫天的哄笑。“你们什么时候谈起来的？”汪飞故意凑到陆鸣面前，“还有你那兄弟孙荣，咱们的校草，他知不知道？”

“你什么意思？”陆鸣把手脖子扬起来。沈念再次把它按下，放在桌上。

“就你那点力气还要打架吗？考官老师，麻烦您赶紧给他测血压吧。”

沈念的手压在陆鸣的手腕上，有力量，可又异常柔软。陆鸣突然有些不自在，把手抽了出来。沈念倒是没什么异常，把住陆鸣的肩膀，生怕他中途跑掉。考官把陆鸣右手臂的袖子捋了上去，用袖带绑紧，摆好听诊器，开始捏压橡皮球。陆鸣把头别到窗口位置，眼前一幕让他喜出望外。

是 Frida 老师。

在一片少年们的赞叹声中，上个学期刚调入航校的英语女教师 Frida 从窗前缓缓走过。她身着香芋紫套装，身姿婀娜，是航校为数不多无须穿制服的女人——当然，食堂的大妈们也不需要穿制服，可那完全是另一回事。

陆鸣也不知道自己怎么了，只要看到这位老师，他的身体就不自觉地向她靠近。他的眼睛无法从她微微有些绯红的面孔上移开，除非，他能把目光锁定在她摇曳的背影。陆鸣不知道孙荣看到沈念的时候是不是也这样，因为毕竟，陆鸣总觉得自己在这样的注视中，心跳会快得那样不寻常。陆鸣把身子朝窗外探，完全没有意识到自己不断攀升的血压，已经让考官目瞪口呆。

“这……这，这，我从没见过这么高的血压！”考官看一眼血压计，再看一眼还活蹦乱跳的陆鸣，“这么高的血压，他，他怎么还像没事人一样呢？”

一向不动声色的沈念，现在也慌了神。正常人类怎么可能有这么高的血压呢？

“陆鸣同学，你还好吧？”考官有点担心地摇了摇他。陆鸣扭过脸来，两行鼻血顺着人中两侧，吧嗒吧嗒掉在紧紧箍着他右胳膊的袖臂上。

“哎呀，你，你看着点！”考官“呲”一声把袖臂扯下来，找了块抹布，使劲蹭了起来。比起陆鸣异于常人的血压，他现在更关心医疗器材的清洁。

沈念没有理会旁人的哄笑。她有些嫌弃地看了眼陆鸣，从训练服上衣口袋掏出一块水蓝色手帕。

“喏，快擦擦，人都走了。”

陆鸣接过手帕，三两下把帕子往鼻孔处塞。“不好意思啊，我会让我姐洗干净还给你的。”

沈念看到她洗得干干净净的帕子上血污一片，轻轻摇摇头，说：“用不着，你还是直接扔了吧。”她走到考官跟前，问起陆鸣的成绩。那考官气得一跺脚，说：“不及格！”

“刚才是意外，不准的。老师，您再给他一次机会，再测测看吧。”

“像他这样，看个女人血压就蹿上天的学员，沈小姐，我可跟你说，我这一辈子都没见过。您让他赶紧退学去吧，就这素质，咱们航校啊，不能留他！”

沈念还要开口，考官直接背过身去，里里外外清洗起血压仪。沈念只好回到陆鸣身边，拉着他走到屋外。

“刚才的话你都听见了？”沈念问道。

陆鸣仰着脖子，点点头。

“血止了吗？”沈念又问。

陆鸣仰着脖子，摇摇头。孙荣这时朝这边走来。

“陆鸣，你这是怎么了？这血糊糊的。”

陆鸣齉着鼻子说：“我刚看到英语老师，太激动。”

“激动得连血压都不正常了。你看着他吧，别让他把下午的高台测试给逃了。”沈念说话间就要转身离开，孙荣叫住了她。

“一起吃午饭吧。”孙荣脱口而出。

陆鸣有些惊讶：“什么？”

“我是说我管不住他，你跟我们，一起吃。下午，下午我们三个一起去考试，怎么样？”孙荣结结巴巴地解释道。陆鸣听出他为了能和心爱的女孩子吃顿午饭，到底克服了多少心理障碍。想到这里，陆鸣决定帮兄弟一把。他捏着鼻子的手突然放下一只，一把拉住沈念。

“你不跟我们吃饭，我下午就不去考试。”陆鸣几乎是以撒娇的口气在同沈念讲话了。孙荣看到陆鸣紧紧抓着的沈念的手，呼吸有些乱。

沈念下意识甩开陆鸣那只黏糊糊的手，正色说道：“考不考随便你。”

沈念转身离开，陆鸣朝孙荣无奈地耸耸肩。

“哥们是想帮你的，结果呢？人家就是不领情。”

孙荣盯着陆鸣手里的蓝帕子看了好一会儿，转身，一个人走在前面。

“宁愿你别帮我。”

第四章

猎鹰人

刚进饭堂，陆鸣就闻到一股不同寻常的，不属于食物范畴的怪味道，尽管他仍把沈念的手帕塞在鼻孔里。

“是猎鹰人。”孙荣停下脚步。陆鸣一下就把手帕从鼻孔里抽出来，藏到背后。

饭堂里到处都是学员们窃窃私语的声音，猎鹰人几十口钟一样，罩在细窄的板凳上。他们的脸上乌糟糟的，近看才知，竟是蛇身文面。如果不是本身的壮硕，导致板凳发出吱吱呀呀的声响，这几十口钟算得上安静。数只苍蝇从肃穆的钟里飞出，孙荣脸上立刻多了一抹嫌恶。

“政府怎么能让猎鹰人来航校饭堂吃饭呢？”

“怎么不能？”陆鸣跟上去，“猎鹰人保护了我们，还不准人家来吃碗饭？”

“就不能专门备个地方吗？”孙荣找到自己的饭盆，从饭盆里拿出陆慈专门给陆鸣准备的饭盒，递给陆鸣。陆鸣没有接，反而把孙荣的饭盆抢到怀里。

“姐做得太少了，而且总是有股药味，还是你吃吧。”

“你又来，要是让她知道你每天都把饭换给我，她会不高兴的。”

陆鸣嘻嘻哈哈："那就别让她知道不就完了？"陆鸣说完便要跑去排队打饭。孙荣拽住他。

"今天的饭你要拿到哪边吃？我知道你要吃独食，可我答应沈念要看着你的。"

"看，今天你随便看。"陆鸣把饭盆往窗口一递，喊道，"阿婆，一斤米饭！"

"一斤？"阿婆忙着打饭的手停下来，她抬起头，吃惊地看着陆鸣。"小伙子，我们饭堂不准浪费的，你打一斤饭都赶上……"阿婆突然压低声音，"都赶上那个人啦。"

陆鸣朝阿婆手指的方向看过去，正把一斤米饭往肚子里倒的，就是陆鸣在捕鹰现场看到的络腮大胡。陆鸣这下可高兴了。

"没错，我就是要一斤。我平常吃的，比这还多！"陆鸣抱起他的饭盆就朝络腮大胡那边走去。孙荣跟了两步，在离那猎鹰人座位两米远的地方，孙荣停住了。他坐下，打开精致的饭盒盖子，闻到了陆慈手上那股熟悉的味道。由于陆慈每晚都要用药酒给陆鸣擦背，久而久之，她的手上就沾满了药酒味道，怎么洗都洗不掉。孙荣曾好奇地问过陆慈，这擦背竟有什么莫大的好处吗？陆慈只是笑笑，转述了父亲陆溪堂的话："这药好，鸣儿不可一日不擦。"孙荣便又问，姐姐能给我也擦擦吗？陆慈摇摇头，摸摸他的小脸蛋。

"乖，你用不着。"

事实证明，孙荣果真是用不着，便生得一副强健体魄。而陆鸣，这药酒从没断过，竟依然长成了病病歪歪的模样。孙荣想到这里抬头看陆鸣，只见他把饭盆重重砸在桌子上。

“喂，靠边坐坐。”

听到这话孙荣把筷子放下。少爷可能又要闯祸了，孙荣捏紧了拳头。

“趴纠（滚开）！”

一口钟发出一声闷响。整个饭堂都把目光聚焦在这口钟上。陆鸣似乎很高兴能听到这样的回应。

“我不知道你说的是什么，但我猜你是在邀请我坐下。”陆鸣一屁股坐下，也开始像大胡子那样把饭直接倒入自己口中。络腮胡子斜眼看他的时候，陆鸣已经把整一斤米饭轻松吞下。饭堂所有的钟都开始晃动，包括用来报时的那一口。

“真能吃！”络腮大胡朝左右的猎鹰人扭过身去，哈哈大笑了两嗓子，一掌拍在陆鸣后背上。“仓水决，你？”

陆鸣遭这一掌，差点把刚吞下的米饭如数吐出来。他干咳两声后说道：“我，我叫陆鸣，咱们，咱们见过。”

仓水决仔细端详陆鸣这张脸，显然想不起他来了。陆鸣伸出右手。“你看，我的手就是被你的小蛇咬伤的。”仓水决盯着陆鸣的手看了一会儿，似乎有些印象了。他从口袋里摸索出一条蛇索，正是昨天陆鸣摸过的那条。“你说的是这个吧？这玩意儿叫蛇索。”

“能碰一下吗？”陆鸣问道。

仓水决点点头。陆鸣刚把手伸出去，突然又收回来。

“不会再咬我了吧？”

仓水决摇头。“放心，它已经死了。”

陆鸣拈起这根细细的蛇索，仔细端详起来。

“老实说，这算不上是有生命的东西，它只是我们用蛇皮搓成的武器。”

“可它怎么会动呢？我亲眼看到的，这东西力量非常大，能把目标越捆越紧，直到挤爆。”

“我知道，就像蛇一样，是吧？全靠——”仓水决压低声音，似乎要说出什么足以让陆鸣吓掉下巴的事情，可他突然停住了。

“我真是没什么做了，干吗跟你聊这些？”

“因为这里除了我，没人敢跟你聊啊。”陆鸣环顾四周，他的同学们纷纷低下了头。只有孙荣死死盯着他，那意思是让他赶紧回到正常人身边，别跟猎鹰人混在一起。陆鸣咧开嘴笑笑，没有挪动他的屁股。

仓水决不动声色地观察着那些迅速低下的眼睛。它们本来是不屑和鄙夷的，现在又变成害怕和慌乱的。都是没出息的东西。仓水决豪吐一口唾沫，砸到已被他踩得污脏的地上。仓水决扭头看陆鸣，这个小伙儿倒是跟那些软蛋不一样。尽管他看上去比他们都弱得多，可他的眼睛——仓水决再熟悉不过了——鹰一样坚定而犀利的眼睛，也许是少了几分凶残，可那执着劲儿，倒是一模一样的。做了这么多年猎鹰人，仓水决无论杀死多少可怖的鹰人，却始终敬重它们的眼睛。不过他敬重的方法略有特别，他会一颗一颗地，把那些黄眼珠子吞进肚囊，然后打几个不消化的嗝儿。

仓水决回味着鹰眼的苦味，擦了擦嘴，随手抹在他的络腮胡子上。

“你的眼攒光，你知道吗？小子。”仓水决站起来。陆鸣也站起来。“什么意思？”

“下一次来吃你们这难吃的饭时，你还过来，我就告诉你。”

“明天？明天你们还来吗？我还有话没跟你说。”

看来这小子真的跟我有的聊啊。仓水决一掌拍在陆鸣的肩膀上。他没再说什么，同其他猎鹰人一起离开饭堂。别看他们猎鹰时身手那么矫捷，可走起路来慢得能把时间拖垮。在航校师生的注目中，最后一个猎鹰人掀开饭堂的帘子，慢吞吞移出去，终于不见了。

那些窃窃私语的人总算能放声讲话了。饭堂又回到往日的喧嚣。孙荣走过来，提醒陆鸣，是时候去准备下午的考试了。陆鸣拈起仓水决留在桌上的蛇索，三两下把它绑在右手腕上。

“好端端的，怎么会死呢？”

孙荣没有听到陆鸣的自语，也不关心他跟那个粗鲁的彪形大汉说了什么。如果他能离那些人远一点，那当然好。可他实在也管不住陆鸣什么。孙荣手里拿着陆慈的饭盒，想起她扇陆鸣耳光时，脸上所展现的那份难以抑制的心痛。

“知道你的命有多宝贵吗？”

每每想到这句话，孙荣心里就不是滋味。陆鸣那副无所谓的样子，总是隐隐刺痛孙荣。只有他的生命是宝贵的吗？孙荣不止一次地偷偷这样问。没人能回答他这个问题。

也许除了那双仍在暗处注视着他的眼睛。

沈念以为，陆鸣怎么也不会在畏高测试里出大纰漏，可看到他负分的成绩时，沈念才明白她还是太天真了。

畏高测试对陆鸣来说本不算难事，比起其他项目，这本该是他的强项才对。可下午站在高台上的时候，陆鸣的反常让人心惊。他不仅自己不慎摔下高台，还连累旁边的女同学莉莉一并跌下高台。躺在医务室的莉莉一边接受包扎，一边同孙荣没完没了地哭诉。陆鸣站在旁边，毫发无损，只有等着赔礼道歉的份儿。

“莉莉，是陆鸣不好，让他给你道个歉。”孙荣早已不胜其烦，硬把陆鸣拉过来。然而莉莉根本不想正眼看他，仿佛陆鸣不是始作俑者，孙荣才是。

“不需要。”莉莉对孙荣痴痴笑笑，“孙荣陪我就好了，你们其他人都可以出去了。”陆鸣刚要偷笑，沈念这时走进来，拉着陆鸣就往外走。

“沈大小姐，你又要干吗啊？”

孙荣闻声站起来，莉莉突然一阵哭号。“孙荣你看我的腿啊，是不是被你那个兄弟弄得残废了？”孙荣想追出去，却突然被莉莉拦腰抱住。孙荣只好作罢。

沈念究竟跟陆鸣有什么好聊的？孙荣百思不得其解。

“你再这样我可喊了啊。”陆鸣使劲在后面叫。这妮子手劲也太大了吧。陆鸣只觉得手脖子疼。沈念把陆鸣拉到训练场，朝着陆鸣的后脑勺就来了一记。陆鸣顿时觉得经脉尽断，站都站不稳了。

“说吧，我一会儿不看着你，你这试是怎么考成这样的？”

陆鸣简直摸不着头脑。“喂，沈念，我姐都没这么打过我！”陆鸣简直要生气了。“她也从来不过问我的成绩！你，你凭什么？”

“就凭我不是你姐。”沈念抱住胳膊，来回踱着，“负分。真是滑天下之大稽，体能测试你还能得负分！你知道这航校里多少老师盼着你退学吗？我要不是……”

“怎样？”

沈念欲言又止了。这倒不像平日里的她。

“你说啊，要不是怎样？”陆鸣追问。

沈念慌乱地别过脸去。“没什么。我是说，要不是跟你是同学，我才不会管你。”

“同学就同学嘛，你脸红什么？”现在是陆鸣抱着胳膊绕着沈念踱步了。“喂，同学，你真想知道我为什么会考负分吗？”

沈念点点头。“你就当我是好奇吧。”

陆鸣停下来，朝远方一指。“山上有座庙，你看得见吧？”

沈念朝航校不远处的落鹰山看去，确实有座庙。“庙跟你的考试还有关系吗？你可别说是庙里的神仙让你跳下高台的。”

“当然不是。”陆鸣突然认真起来，“你看那庙门上，是不是贴着一副对联？”沈念点点头。

“你看得清那对联上写的是什么吗？”

沈念摇摇头。“我当然看不清，那么远。”

“我就看得清。”陆鸣颇有些得意地说。

沈念不信。“那你倒是跟我说说，上面到底写的什么？”

“你听好了啊。上联是‘百灵昭感格’——”陆鸣故意顿了一下，“下联是万圣锡什么隆，糟了，这字不认识，念什么呢？长得跟‘休’似的。”

“万圣锡庥隆。”沈念白他一眼，“你提前背的吧。”

“怎么可能？这字我都不认识，怎么背？”陆鸣正色道，“我知道你可能不信我，孙荣也不信我，可我真的看得出来。你不是问我在高台上发生了什么吗？我告诉你，就是因为我突然看到，不对，是我突然看清了这副对联，把我吓坏了。我的眼睛可从来没有这么好过。于是我就想，那就试试，随便看点别的什么吧。结果你猜怎么着，我就看到了我们的教务长王平治。”

“他？”

“他一个人坐在办公室里，拿着一叠上午的考试成绩。我就看到他哗啦啦一通找，找到的居然是我的成绩单。那你说我看到我的成绩单了，不得往前凑凑看清楚啊。结果这一凑，我就凑人家姑娘身上去了，她一紧张，拽着我就从高台上掉下去了。”

沈念不答话，只将信将疑地看着陆鸣。人的目力怎么可能看那么远呢？可看着陆鸣认真的样子，实在又不像是假的。他的血压不是还异于常人吗？也许是因为这个原因，眼睛也看得比常人更远吗？

沈念盯着陆鸣长久不说话。陆鸣用手在她面前挥了挥，沈念才回过神来。

“哦，你倒是什么事情都没有。”

“我也觉得奇怪呢。”陆鸣抬起自己的右手，把蛇索拿给沈念看。沈念把蛇索捻在手上，问道：“这是什么东西？”

陆鸣凑近小声说：“这是猎鹰人给我的。”

“你跟猎鹰人还有关系？”沈念吃了一惊。猎鹰人虽然在城里捕杀鹰人，可据说，他们凶残惯了，也没比鹰人好到哪去。

“你先别声张。”陆鸣伸出自己的右手指，“今天我身上发生了好多不寻常的事，我想来想去，都觉得跟这蛇索咬了我一口有关。”

“怎么，这东西还会咬人？”沈念下意识地扔掉蛇索。

陆鸣赶紧把蛇索捡起来，吹掉灰尘又戴回右手腕。

“看把你吓的，现在不会了。”

沈念定了定神，又问道：“那你的成绩呢，看到了吗？怎么样？”

陆鸣颇为失意地摇了摇头。“我知道不会太好，可看到那么多‘差’字，心里还是不大好受。”陆鸣索性拉沈念一起坐下，面朝数架威武的法制布莱格—273型战机。

“我跟你说实话。我也想飞，可第一次从那个转盘上下来的时候，我就知道自己不行。那是一种翻江倒海的难受，上一次转盘，我能把胃里一个星期前的存货都吐出来。我也不知道自己怎么回事。明明很渴望飞翔，身体却总是很抗拒。”

“可今天你很出色，不是还超过我和孙荣了吗？”

“意外而已。你也不是没看到我的血压。”

“我以为那是因为英语老师……”沈念低下头。红霞飞上她的面颊，继而扑向整座城。天色将晚，这边地面依然热烘烘。

“不是因为她。”

陆鸣的话带来夜晚的第一丝凉意。沈念任风吹，听了下去。

“虽然我确实心跳加快，咚咚咚地，对她很有感觉。可我的血压从来都是那么高的，高到可怕。”

沈念扇了扇眼睛。“没去医院看过吗？”

陆鸣摇摇头。“我姐不让我去医院，我们家有自己的医生。

唉，你倒是跟我说说，为什么那么关心我的成绩？我都被你折腾一天了。”

沈念的脸又烧起来。她的眼眸尽是在暗夜里弥合的天空。沈念深吸一口气，扭过头来。“我不想你离开航校。不要以为考不上飞行班分到机械班就完事了。如果你成绩太差，教务长有权把你开除，这样你就连机械班都进不了。”

“那正好。”陆鸣赌气似的说，“反正我也不想学了。我要去做猎鹰人。”

“不行。”沈念突然激动地站起来，“你不能去猎鹰。”

“为什么？”

“因为，因为你是属于天空的人，你怎么能与天空为敌呢？”

陆鸣又困惑了。“这是什么意思？”

沈念不再说话。她看着夕阳下的飞机，绿色的，披了红光，点缀着蓝色的英文字母，有点憨态可掬。

“我记得你刚入校的时候，就跟这些飞机一样单纯。从你的眼睛里，我能看出，你生来就是要飞的。在那么多同学当中，我只从你身上看到了异常强烈的飞翔欲望。”

“从我？等会儿，你确定没把我和孙荣看混了吧？”

沈念看着陆鸣，坚定地说：“你要信我。我从小就在世界最优秀的飞行员之间长大，我能分辨谁是真正属于天空的，谁只属于大地。”

陆鸣从低处望着沈念，她那平常看上去单薄瘦削的脸，却在此刻丰盈饱满，让陆鸣感到踏实、温暖。也许她说的是对的。可飞，究竟是怎么一回事呢？他，陆鸣，此生还有机会驾驶飞机，成为出色的飞行员吗？

“做什么梦呢？”陆鸣突然嘲笑起自己。

沈念蹲下来，凑到陆鸣耳边。

“不是做梦。陆鸣，你敢飞吗？”

陆鸣看向沈念。这女孩的眼里竟然还有一丝狡黠。陆鸣在这么近的距离里，被这难得一见的狡黠吸引了。

“我敢。”陆鸣郑重地点点头。

第五章

埃特里切鸽

“我们非要在夜里飞吗？”

陆鸣尽管走在前面，可声音暴露了他的胆怯。沈念从他手里夺过煤油灯，快走两步，把他落在后面。

“这样比较低调，懂吗？”沈念故意晃着手里的煤油灯，摇晃的黄光让陆鸣更加紧张。他赶紧跟上来，与沈念并排走在一起。

“可我刚才好像听到鹰叫了。你说，咱们会不会被食人鹰——”

“呸呸呸！乌鸦嘴！”沈念这么说着，依然没有停下脚步。陆鸣突然挎上沈念的胳膊，凑近，轻微的颤抖通过训练服传递到沈念的身体，她打了个激灵。

“你干吗？”

陆鸣被这个激灵吓得不轻。

沈念机械地转过脖子，眼睛里片片空洞，声音幽幽飘来。

“杀……杀……杀……”

陆鸣“啊”的一声跳起来，正准备跑的时候，沈念拽住他的胳膊，忍不住哈哈大笑：“别，别跑啊！”

“你！”陆鸣这才意识到上当受骗了，“你一姑娘家的，怎么不学好呢？”

沈念捂住肚子，仍然笑个不停。“我，我跟你说，我这辈子都没怎么笑过，笑死我了。”

“拿人寻开心好玩是吧？”陆鸣有些生气，扭头要走。沈念牢牢抓住他的手。“别走，说好今晚带你飞的。”

陆鸣回过头来，不可思议地盯着沈念的手看。沈念意识到陆鸣的目光，突然像摸了什么烫手的东西似的，把手抽了回去。她下意识地拽住自己的耳垂，好像刚刚扔掉的是一口热锅。空气在夜里变得干燥，晚霞带走了所有云彩，只留下星星。

沈念变了神色，脸上的笑容也没了。她又回到平日里冷冰冰的样子。

“快点，再不走天都亮了。”

陆鸣有点摸不着头脑。“哎，是谁刚才没个正形儿的——”

沈念不理他，迈开步子朝训练场后面的仓库跑去。陆鸣快步跟上。他不知道沈念为什么突然给他脸色看，可他感到庆幸：还是习惯这样的她啊。

说实话，冷面女神笑起来实在也太可怕了。

陆鸣禁不住也打了个激灵。等他赶上沈念的时候，她已经拿着仓库钥匙在开门了。

“你还有仓库钥匙？”

沈念推开仓库的门。“这是我的仓库。”在铁门威严的咣当声中，一个罩着黑布的庞然大物出现了。这下，陆鸣真有点佩服她了。

“你可别告诉我，这是你的飞机——天，竟然还不止一架？”

陆鸣环顾四周，仓库里至少停着四架飞机，还有不少大大小小的飞机模型，以及机器零件。飞机都罩在黑布下面，从轮廓上看，倒是不像飞机，更像……陆鸣的眼前掠过一双明黄色眼睛。

它们骄傲地展着翅膀，更像飞翔的食人鹰。

陆鸣站定在一架机型较小的飞机前，黑色的天鹅绒把它蒙得严严实实。够阔气的，陆鸣心想，这姑娘竟然用天鹅绒当蒙布。陆鸣走近一点，伸手拈起天鹅绒的一角，柔软的质地让他一瞬间以为这飞机是活的：机头上一定长着能戳穿人眼的尖喙，机翼上肯定铺满坚硬的羽毛，至于起落架……

陆鸣弯下腰来，刚想看个究竟，沈念把他的脖子拎起来。

“不要乱看，更不许你乱动。”

陆鸣挣脱开。“我不动，不过，你告诉我，这架是什么飞机？感觉怪怪的。”

“这架……”沈念抓起天鹅绒，右臂一挥，黑幕便整个被掀起。本以为会看到食人鹰一般可怕的战争机器，没想到，呈现在陆鸣眼前的竟是——

如果能把飞机比作人的话，这架真算得上是刚出浴的少女，赤裸裸地出现在陆鸣面前。它根本不是按战斗机的样子来设计的：线条圆润、平滑，机身纤细，木质骨架看上去不堪一击，涂满机身的那层鹅黄色薄漆，让一架飞机的“肌肤”，吹弹可破。陆鸣撇了撇嘴。如果不把它比作人的话，它就是一只巨大的鸽子，还是看上去最温顺的，那个被叫作“黄雨点”的品种。

“咱们能看看别的吗？”陆鸣朝刚进门就注意到的庞然大

物看去。可沈念站在“少女鸽”跟前，没有离开的意思。“多漂亮的颜色，你不觉得吗？”

“漂亮？你要是穿一身这颜色的裙子指定漂亮，可飞机……”陆鸣连连摇头。“哎，到底什么样的飞机制造师，会把战斗机涂成一只嫩毛鸭子？等等——”陆鸣看着沈念，“这飞机不会是你造的吧？虽然我还真不觉得你已经厉害到可以自己造飞机，不过眼前这架显示出的品味确实……”

沈念爱抚一般用手指肚滑过机翼。“连埃特里切鸽都认不出，你还好意思嘲笑我的品味？”

陆鸣听到这个名字，忽觉眼前一亮。“这架不会是大清朝的遗物，咱们老祖宗买回来的第一架飞机吧？”

“不算是。”沈念说，“这架是我父亲仿造的，也是他第一次成功造出的飞机。那两架从奥地利买回来的，早不知被哪个军阀给吞了。”

“那也够厉害了。真羡慕你，从小就有的飞。”陆鸣站到沈念旁边，也摸了摸飞机的翼，冰凉，舒展。“你说，人能把飞机的双翼当翅膀吗？可靠吗？”

“可靠。虽然很多人说飞机只是机械工具，可我是把它当咱们的翅膀来看的。”沈念的眸子一暗，“不仅是我，连我爸也是这么说的。他还总对我说，人这肉体，太沉，造飞机就是想让人的身体能跟灵魂一起飞升。”

“别说那么悬乎。”陆鸣听到“灵魂”两字，头皮发麻。在他看来，灵魂跟鬼没什么区别。

“我说，咱们到底是飞还是不飞？”

“飞。”沈念扭身打开一个柜子，从里面拿出两顶飞行帽，两个风镜和两条红色的飞行围巾。“来，戴上。”沈念把装备递到陆鸣手上。

陆鸣摸了摸柔软的帽子，羊皮的。

“你这里怎么有两套装备？”

“一套是我的，一套是我爸的。”

陆鸣愣了一下，沈念已经麻利地戴好帽子和风镜。“你父亲的，我不好戴吧？那么厉害的人物，可能不想让我的脑袋玷污他的帽子，再说我都没洗头……”

“啰唆。”

沈念白了陆鸣一眼，把自己的帽子摘下，直接套在陆鸣头上。“死人遗物，怕了是吧？”

“没有！怎么会？”陆鸣有些木讷地辩解道。沈念的鼻息如此切近，带着一点小小的怒气。她的手绕着他的脑袋来回摆弄，陆鸣没来由一阵心跳过速。这姑娘又一次破坏了男女相处的安全距离。陆鸣看着她认真的眼睛，心里也认真地打起了小鼓。突然，眼前一晃，额头一紧，沈念的面容罩上一层朦胧的光。

陆鸣不自然地动了动刚罩到脸上的风镜，别过脸去。

“怎么了？太紧了是吗？”沈念问道。

“废话嘛。你脑袋豆丁一样，给我戴不得调一下啊！”陆鸣来回拽动风镜的带子，好不容易刚拉松一点，沈念便把飞行围巾绕在他的脖子上。陆鸣只觉胸闷气短，脖颈处一阵异样。

“这么热，戴围巾做什么？”陆鸣扯开围巾。

“天上可不热。戴上。”沈念重又帮陆鸣系好，把围巾塞进他的飞行服里。“不许摘下来，我又不会害你。”

汗水很快便沁了出来。陆鸣只能把围巾稍稍拉松。沈念满意地看着装扮成飞行员模样的陆鸣，转身走到书桌附近，找到一个小型转盘。她用力朝顺时针方向转动转盘，只听“咣”一声，天花板裂开了，一丝月光渗了进来。

“要，要帮忙吗？”陆鸣站在沈念身后，黄片风镜掩饰着他的尴尬。

“不用。”沈念的后背肌肉在束身的飞行服里显出轮廓。陆鸣不好意思地捏了捏自己算得上软绵绵的胳膊。真是丧气，连个姑娘都比不上。陆鸣看着沈念出神，突然，几声巨响让他心惊。陆鸣闻声望去，仓库四壁统统倒在地上。

整片黑夜裸露，向着陆鸣毫无保留。月亮当空照亮。这一晚，几乎是满月。

“来吧。”沈念潇洒地朝陆鸣招手。陆鸣想当然地朝那架看上去安全可靠，也许相当先进的庞然大物走去。沈念拽住他的胳膊。

“今天不开大维美。”

“那架真是大维美？我就知道！看它的个头，一看就是重型轰炸机！今天不开没关系，咱们有的是机会。对吧？所以，今天我们……”

沈念把陆鸣拉回“少女鸽”跟前，一种不祥的感觉席卷陆鸣。

“等等，等会儿，你可别告诉我，咱们今天开这架老古董！”

“别瞎说，十几年前的东西，能叫古董吗？”沈念跳上机舱，“来啊。”

陆鸣踟蹰："你确定它还能开吗？"

"父亲去世后，我还没开过。"沈念系上安全带，"不过，我确定它还能开。"

"你确定？我不确定啊，大小姐。你知道人家都把鸽式机叫什么吗？飞行的棺材！"陆鸣又站得远了些。

沈念笑笑："没想到你知道的还挺多。那你说说，人家为什么把它叫'棺材'？"

"还不是因为它把主燃油箱安装在前后座位之间吗？多危险的设计，你说是不是？"

"看来还是做过功课的。"沈念解开安全带，跳下飞机。

"这才是好姑娘嘛，不要做让自己后悔的事。"陆鸣松了一口气，"要么，咱们今天就开大——"

陆鸣话音未落，沈念就把陆鸣推到机厢跟前。她倒是不拘小节，三两下就把陆鸣扛进飞机后座，然后轻盈地跳进前座，扭身把陆鸣的安全带系好。

"咱们刚才说什么来着？"陆鸣声音里带着哭腔。

"不要做让自己后悔的事。"沈念温柔一笑，转过身去，发动飞机。轰隆隆的巨大噪音让陆鸣更确定了自己的判断：这是一架本来性能就不怎么样的古董机！

在发动机的轰鸣中，沈念隐约听到了陆鸣胆怯的声音。机器快乐的声响很快淹没了一切。沈念太爱这熟悉的声响了。朗月当空，她心情不错，状态也是满分。

"你刚才说什么？"沈念大声问道。陆鸣盯着沈念的后脑勺，充满怨念地大声喊出来："我说——这肯定是我第一次——

也是最后一次坐飞机——”

沈念笑起来。飞机开始滑行。陆鸣抓紧飞机座位两侧的扶手，感到风越来越多地灌入帽子和围巾。

“陆鸣——别怕——你会爱上——”

陆鸣听不清沈念究竟在说什么，但她的声音混合着机器的轰鸣和呼啦啦的风声，竟有一种奇妙的熨帖作用。他的热汗终于被风吹散，萦绕周身的紧张和气闷正在蒸发成良夜本身。沈念脖子上那条细细的红围巾在风中摆得越来越厉害，陆鸣看着它，竟然感到此生从未有过的专注和安心。

这是一种归属。尽管陆鸣不知这归属究竟属于何处。

少年陡地飞升，大地倾斜起来。陆鸣松开紧张的双手，一点点试着打开。风极速穿过他的手指缝，那干净的力量让他敬畏。人竟然能在风里感到安全，陆鸣为此动容。

“我飞起来了！”他高声喊着。

前座是沈念温柔的回眸。如果有什么真的能跟灵魂一起飞升，陆鸣知道，一定是沈念此刻的笑容。

第六章

养子

“茶？”

王平治坐在阴影里，举着一把镂金银壶，壶身通体雕镂着邪魅的眼睛。孙荣欠身，把手里冰凉的银杯递上。茶冲入杯中，杯底那只金色眼顷刻变作游动的琥珀。

“再喝一杯，学生真的要走了。”

“不急，不急。”王平治把身子探到明处，额上泛着快活的光。“我喜欢同你说说话，晚一点也不要紧。”

孙荣捂住茶杯，点点头，抿一口。王平治的目光还在孙荣脸上，孙荣把脸转向别处。这间屋子一如往常的暗，孙荣想，也许正因为如此，他总不愿意到王平治的住处来。

“银壶煮水，水果然绢布一样软。”孙荣胡乱搭话，眼睛瞟向王平治背后的墙上。那里整整齐齐地钉着几张少年的照片，孙荣问道：“督监，那是您儿子吗？”

“我没有儿子。”王平治看向孙荣，冷幽幽地说，“那是个死鬼。”

孙荣握着银杯的手微微一颤，又抿一口。

“不听话。”王平治自顾自说着，“就是不听话。臭小子非要跑到北方去打仗，炸死了吧？炸开花了吧？活该！”王平治动了动身子，找到个更合适的位置，继续意味深长地看着孙荣。

“和儿子，是有什么误会吧？”孙荣这一次把目光迎上去。

王平治摆摆手，说：“死鬼儿子。还有什么好说的？孙荣，你倒是可以同我多讲讲你。”

“我？”孙荣赧然，“我没什么好说的。”

“关于你的父母，也没什么好说的吗？”王平治坐正，“我是说，你的生身父母。”

孙荣摇摇头。“我没见过他们。”

“陆溪堂一点没透露？”

“养父自己也不清楚。我是他从林子里捡来的，除了襁褓，我父母连个篮子都没舍得留。”孙荣饮尽杯中茶，恍惚以为是酒。王平治为他添茶，闻上去，又真的是酒香。

“那陆溪堂待你如何？”王平治把玩着银壶，问道。

“顶没意思的问题。”孙荣笑笑，“督监，我是人家捡来的，陆家待我当然是好，我要是有一丁点抱怨，对不起人家对我的……恩重如山。”孙荣说完这话，头便有些沉了。他把胳膊架在桌上，银杯不小心碰翻，杯中物刚洒在桌上，便迅速蒸发。

“他们应该对你更好一点。”王平治站起来，凑近孙荣，“至少不该把你当下人。”

王平治把手伸向孙荣的后颈，他的眼睛死死盯住少年正硬起来的线条，似乎想从里面抓取些什么。

近了。终于近了。

王平治的手突然颤起来，他忙用另一只手努力克制，汗像蜡一样滴落在孙荣的脖颈，凝固起来。体内的激动先于肉体到达，王平治笑自己竟然紧张到这种地步。

一只汗涔涔的、黏腻的手，不算温柔地落在孙荣的脖子上。孙荣还没来得及感受随之而来的、本应发生的颤动，耳内突然听得一阵隆隆的轰鸣从头顶划过。孙荣猛地惊醒，抬起头来。

“什么声音？”孙荣看看四周，发现了站在他身后的王平治。原来他还在教务长的家中。

“真是失礼。”孙荣慌忙站起，“我不知道自己是怎么了，像醉了酒一样。我……”

王平治哈哈大笑：“小家伙，你喝过酒吗？”

孙荣不好意思地摇摇头。“我只是看书上说过，那种晕乎乎的感觉，确实像……”

“你只是困了。”王平治搂住孙荣的肩，“怪我留你这么晚。快回吧。”

“今晚真是打扰了。”孙荣走向门口，只觉脚步轻飘。“对了督监，刚才有好大的声响，你听到了吗？”

“那么扰民的响动，我还听不到吗？”

“听上去像是飞机的声音，航校今晚有夜间训练吗？”

“据我所知没有。没猜错的话，应该是我们的沈大小姐。”

沈念。孙荣默念她的名字，走到门口，刚打开门，王平治像突然想起什么似的，又把他叫住。

“孙荣。”

“还有什么事吗？督监？”

王平治走过去，有些为难地开口。

“我知道很多事情不该我说，但我猜除了我也没人能跟你说这些了。”王平治拍拍孙荣的肩，“离那个沈念远一点，你跟她不一样。”

孙荣看到王平治颇有些严肃的脸，仿佛看到世界本身，倾轧式的严酷。孙荣苦笑，一直压抑在心底的自卑汹涌翻出。尽管他才是那个能和沈念在学业上比肩的人，可总有人在明里暗里，把他放在配不上鲜花的牛粪堆里。孙荣挣开王平治的手。

“她跟陆鸣才是一种人，是吗？”

王平治干笑两嗓。

“你能理解到这一点，我真就放心了。离这些人都远一点，日后我们会省掉很多麻烦。”

王平治做出告别的姿势，孙荣失落地转身。月亮落在他的脚面上，越是皎洁，越让他感到愤怒。沈念驾驶的飞机再次轰鸣而过，孙荣盯着月光里的黑影子，没敢抬头。

目送孙荣远去的王平治回转身来，轻轻掩上门。眼前有什么东西在晃动。王平治走近，那是一只白球鞋。

“跟你说多少次了。别跟人学这种抖腿的毛病。”

王平治关上窗户，哗一下拉上窗帘。白球鞋的晃动停止了。一个穿夏布衬衫的少年，就坐在孙荣刚刚坐过的位子上。他把跷起的二郎腿放下，连人带椅子的，移到王平治跟前。

“是他吗？”少年有些迫不及待。

王平治把头往椅背上一靠，眯起眼睛。

“还真是他啊！”少年莫名有些丧气。

“怎么可能不是他？”王平治忽地张开眼，起身走到书桌前，从抽屉里拿出纸笔。“他需要一个伴儿。所以我得尽快安排你入学。”

“这个，王叔，咱们别那么急。”少年走到窗边，撩起窗帘一角，看向窗外。

王平治没有停下手中的笔，墨水在柔软的纸张上，飞得很快。

“你以前不是总吵着要进航校吗？”

“那是因为我们还不确定他就是我们要找的人。”少年几乎把自己埋在窗帘后面，“不知怎么的，就是有点不喜欢他。”

“你喜不喜欢有什么要紧的。”王平治终于停下了手中的笔，“他是鹰神选中的人。臭小子，你是没发现，他有多优秀。”

“优秀？”少年打开窗户，风吹进来，夏布衫子被风鼓得膨胀。

“你得看看他的眼睛，太像了，一看就是撒路法家族的眼睛。”王平治折起手中的信纸，放到信封中，“拿着这个，下周就去航校报到。”

没人应声。王平治的手悬停在半空。风把信封反复吹打在手上。如此倔强的风，王平治也忍不住掩了掩衣裳。

小白鞋不见了，从飘得厉害的帘子来看，夜风已经把他带走。王平治把信封扔进抽屉，拉灭了书桌上的灯。

臭小子越来越没规矩。

王平治再次起身，关牢窗户，陷入沉思。反击的时刻马不停蹄地赶来，只是不知那孩子是否能担起这样的大任。王平治摩挲着碰过孙荣脖颈的手，此刻倒是干燥爽利。尽管他没来得及抓到他希望抓到的东西，可王平治确信，是那孩子。

一定是他。

王平治深吸一口气。大把时间已经在人类生活里流失殆尽，而他失去的还不仅仅是时间，还有正流失得厉害的，内心平静。

去他妈的平静。

身负仇恨的人不配享受这奢侈玩意儿。

王平治离开窗口，留下一双巨大翅膀的影子，印在一动不动的窗帘上。他的手艰难划过头顶，无比怀念那根召唤天魂的辫子。

此刻辰光已经接近午夜。孙荣躺在下铺，望着上铺冷漠的床板。它没有像平常那样发出吱吱呀呀的响动。陆鸣还没有回来。孙荣不知道他上哪儿去了。答案魔鬼一样藏在耳朵边上，它勾引孙荣把陆鸣和沈念联系在一起。可孙荣拒绝了。他捂住双耳，逼自己进入梦乡。

陆鸣不会这么做的……他凭什么不会呢？

“喂！”陆鸣往前凑了凑，沈念没有回头。

“你觉得我兄弟怎么样？”

“谁？”

“孙荣！”陆鸣喊道，“孙荣，你觉得他怎么样？”

“他很好。”沈念答道，“全校女生都喜欢他，不是吗？”

“不是吧！总有几个女生对我有意思吧？”

沈念笑起来。"我看不见得。你哪点比得上他？"

"这倒是。哎，不管怎么说，你觉得他好就行。我也算不辱使命。"

沈念猛地把飞机一偏，陆鸣一惊。

"干吗？魂都给你吓没了！"

沈念不作声。她脖颈上的围巾飘得厉害，陆鸣一把抓住它。"围巾要掉了，你要不要重新围一下？"

"我开飞机，哪里顾得上？"

"那我来帮你。你可开稳点，要不我会被吹下去的。"陆鸣打开安全带，半腾起身子，一手把住扶手，一手把围巾往前绕。沈念此时开得异常平稳，仿佛已经停在风平浪静的海上。然而右手突如其来的剧痛让陆鸣突然重心不稳，他的手一松，红围巾一下飞出，小蛇一般滑入黑夜。

"手这么笨！"沈念看着远去的围巾，愠怒。"这可是我爸——"

"停——"陆鸣白日里所有不正常的反应再次重现。手上暴突的血管耸动着，蚯蚓一样钻入肺腑。他的呼吸急促起来，沈念的背影，遥远而模糊。

"你以为这是汽车吗？说停就停。"沈念显然还没有意识到后座在发生什么。她还在想那条飞行围巾，那可是——

"我说停！"陆鸣的咆哮让沈念不得不重视起他的要求。她不耐烦地扭过头去，大吃一惊。

陆鸣整个人站在后舱位上，猩红色的血管在月光投照下蠕动得厉害，爬满他瘦弱的脸上。他的左手刚刚还拼命扼住右手，现在却不听使唤似的打开，双臂腋下缠绕着奔流的血管，它们不停地互相盘绕，钻往身体各处。

“陆鸣！危险！”沈念用脚勾住操纵杆，试图拉陆鸣先坐回机舱。可他的身体开始飘离，双脚已经离开踏板。沈念用力拉住他正飞移出的脚，可自己的脚下不慎松掉，操纵杆竟开始高频率摆动。沈念看到所有的仪表盘都开始失灵，飞机迅速偏转，成了一只发疯的巨大鸽子，先是向上冲，然后开始极速向下坠。

陆鸣的眼睛开始变色，目光越来越清晰，可意识越来越模糊，仿佛有什么正攫取他的心智。他不顾一切地喊道：

“沈念别管我！这样我们都会死！”

可沈念还是趁飞机突然下冲的时机，用全力拽回陆鸣的身体，替他扣上安全带，然后迅速扭头把住操纵杆。然而飞机已经癫狂，它在剧烈的颤动中冲向——

糟了，是民居。

沈念一向处变不惊的脸上，终于现出恐慌。她看向陆鸣，正同仪表盘上的指针一样不停打着摆子，他的眼睛在暗夜里露出凶光，可脸上仍挂着成片的惊恐。

“陆鸣！”沈念的喊叫成了天外的声音，陆鸣看着她，忘记了自己是谁，而她又是谁。万物在坠落里消失殆尽，黑夜仿佛从未有始终，它只是那样恒久的存在着。黑暗的心脏没停止过跳动，它活在他之前，活在他之时，活在他之后。

陆鸣感到自己已经同飞机融为一体，就像沈念说的那样，飞机成了人的翅膀。只是这翅膀，正带他共赴灭亡。

万籁突然死寂。

只一颗强大的心脏逼近，跳动。它的声音，咚咚，咚咚，咚咚……

该死。陆鸣鼻尖着地。

第七章

血袖

沈念从没像现在这么绝望。在飞机即将坠地的瞬间，她紧紧闭上眼睛。沈念甚至开始质问，为什么会有人制造这种会发疯的怪物？父亲，她召唤父亲，为什么会把生命放在这么一桩可怕的事业上？只需几秒钟，这架巨大的机械怪物，就会刺破那些熟睡之人自认为安全的屋宇。他们会在激烈的撞击中直接从梦境滑入死亡，而她和陆鸣，也将一起被尘土瓦砾埋葬。

不！

沈念突然睁开眼，不，她不相信父亲制造的飞机竟然会失灵。他说过，机械是充满理性的肉体，它比人的身体都值得信赖。他说过，飞机可以成为人的翅膀，它可以的，对，它可以的。沈念再次闭上眼，她的耳朵辨别出飞机的问题根本不在发动机上，不在燃油箱，也不在机翼或者任何别的地方……她有些欣慰了，因为至少在机械层面，她根本找不出这架飞机有任何问题。沈念再次拉住操纵杆，一个好父亲不会让女儿在他制造的飞机里死去。她咬紧嘴唇，盯着越来越近的屋顶，猛力把操纵杆扳住。

就算是死，她也必须搏上一搏。

所有的指针这时停摆。耳边的轰鸣瞬间消失。

沈念紧紧扳住操纵杆的手，一阵疼痛。眼前就是临阳城某户人家的屋顶。尽管窗户紧闭，可沈念依然听到了安宁的鼾声。一下，两下，飞机就悬停在这屋顶之上，仿佛为了不打破这鼾声的节奏，突然决定暂停。

就这样了吗？

沈念不可思议地看着眼前一切，停下来的表盘，悬停在半空的飞机，未被撞掉一片瓦的屋顶，还有她紧紧握住的，竟然能够发挥作用的操纵杆。

不，不对，这不合理。

沈念清醒过来。她下意识地看向后座的陆鸣，他却阴影一样从机舱座位里跌落，脸朝下地滑向屋顶。

“抓住他。”

一个粗硬的声音在背后响起，严厉，不由分说。沈念来不及朝后看，只能紧紧拽住陆鸣的衣襟。他脸上的那些可怕血管已经消失了，只剩下疲惫。沈念尽量把他拽到机头位置，为了防止滑落，紧紧搂住了他的上半身。这时，飞机缓缓地向上移动，仿佛后面有谁正拉着整架飞机，把它送回空中。

我一定是疯了。沈念清醒地摇头。我一定已经死了，才会想象有什么人，能在天上拉动一架飞机……可所有的感觉又是真的，沈念再次回头，想看清那人究竟是谁。可飞机突然向下一沉，沈念心里停摆一样，她赶紧转过头来，把陆鸣搂得更紧。

“再敢回头我就把你们都扔下去。”

沈念点点头，静默不再发声。飞机一寸一寸离开那片屋顶，渐渐从垂直变作水平。沈念稍稍松了口气，然后飞机开始加速平移。沈念不敢乱看，只好盯着陆鸣。他的风镜已经全部迸碎，沈念抹掉他眼眶周围的碎玻璃，小心翼翼地从他的眼皮底下拨出些细小碴子。想起刚才那一幕，沈念不禁轻声问：

“你究竟发生了什么？”

陆鸣不作答，依然昏厥。

飞机飞得十分平稳，很快，它便在一块空地上着陆。落地的一瞬，沈念终于彻底放下心来。

“我现在可以回头了吗？”沈念试探性地问道。

然而没有人回应。沈念松开陆鸣，扭过身来。在机尾地方，她没能看到那个救了他们的人。

是人类吗？沈念怀疑自己。清晨的第一缕阳光打在她的脸上，一夜过去了，临阳还是临阳，即将在战战兢兢中迎来新的一天。沈念看了看陆鸣，似乎从昨天的失控里，又看到了新的不平静。山峦和树木，由远及近地埋伏，过去让沈念心醉的苍绿，竟在透亮的阳光下，让她感到恐怖。然而沈念，并不是一个会轻易感到恐怖的姑娘。

太多的问题想不通。沈念拢了拢头发，决定先解决最简单的问题。她坐回机舱，考虑是不是重新发动飞机，直接开回航校。然而仪表盘上的一根白色羽毛吸引了沈念的注意。

她捻起这根颀长的羽毛，想到那个粗硬的声音。

“是那人身上的吗？”沈念自言自语，突然一只手耷拉一下，沈念猛地向后一倾。

“我们这是在哪儿啊？”

风镜的两个窟窿里投来陆鸣迷蒙的目光。

“你终于醒了。”沈念看着他的滑稽样子，不禁发笑，“还记得昨天发生了什么吗？”

陆鸣支起身体，摇了摇头，一个重心不稳，摔到地上。

“哎哟……这都怎么回事？我这眼镜儿怎么还透风啊？”

沈念伸出胳膊，拉陆鸣回到后座。

“我们到底怎么了？我怎么觉得这么累呢？对，我昨天说给你系围巾来着，然后……然后好像，我成了飞机……”陆鸣一边摸索已经绷断的安全带，一边回忆道。

“你成了飞机？”沈念扭过头来，“我问你，你是会什么我不知道的魔术吗？你在马戏团待过吗？”

陆鸣摇摇头。“你别大早上就拿人取乐。我是跟你讲真的。我觉得，我好像能飞，能通过意念控制飞机，就是那种感觉。”

“那我求求你，在我们回去的路上，你可千万别发功。”沈念发动飞机，轰鸣声再次响起，一切正常。

“我可不确定，还会有人来救我们。”

“谁来救过我们吗？”陆鸣摸不着头脑。

沈念举起那支白色羽毛。“喏，你看，是天使救了我们。”

“天使？”陆鸣微微欠身，接过羽毛。它跟平常看到的黑羽大不相同，在阳光照耀下，这支羽毛轻盈，闪着金色的光泽，随时等待飞升。陆鸣心里突然一阵感动，这是一根真正高洁的飞羽，它或许真的属于天使。飞机开始滑行，陆鸣显然记不起昨夜发生过的飞机失灵事件，否则他不会像现在这般，舒畅淡定。陆鸣把手臂抬起来，让羽毛在风里飞扬，可那举着羽毛的手臂，在太阳底下怎么看上去那么异样？

不及多想，飞机在逆光中一跃而起。

“我就说这飞机没问题。”沈念安下心来，可另一个更难解释的问题，迅速爬上心头。如果不是飞机的问题，那它为什么会失灵呢？陆鸣腋下那纠缠盘绕的血管再次闪现，沈念赶紧闭上眼睛，睁开。她不敢多想。

“你说我们彻夜未归会受罚吗？”沈念问道。

“我不知道。”

陆鸣回答。现在，他担心的可不是受不受罚的问题。

陆鸣偷偷撩起右手胳膊，一层白色的羽毛在阳光下，泛着金光，却让陆鸣看得胆战心惊。他把那根沈念捡到的羽毛凑到右臂跟前，不禁倒抽一口冷气。

哪来什么天使？这根本就是他陆鸣身上掉落的羽毛啊。

晨间和煦的风，温柔地把他放在左手的羽毛，吹向远处。它打着旋，潇洒飘离。

如果右臂上这一层可怕的玩意儿，都能这么飘走就好了！陆鸣把头埋进机舱。难道我变成鹰怪了吗？陆鸣心里升起阵阵恐惧。他赶紧捋下右臂袖子，把那一胳膊的羽毛盖得严严实实。他不能让沈念发现，不能让任何人发现——

等等，也许可以告诉孙荣？

然而陆鸣还来不及见到孙荣，他和沈念夜不归宿的消息，已经在早餐时候传遍整个航校。不用说，孙荣属于最早知道的那批。在他吃完早饭回宿舍的路上，至少有一个足球队的人，向他通报了此消息。孙荣的脸色很难看，但没有人愿意放弃这个奚落优等生的机会。

当然，除了女孩子们。她们一边倒地骂起沈念，说她什么的都有，这其中，“不检点”成了她们对沈念最大的指控。然而沈念并不在意这些。她硬是抓了陆鸣同她一起吃早饭。

可陆鸣因为担心着身体的变化，几乎是连吃带扒地迅速把早饭塞进肚子，便匆匆告别沈念。他一直紧紧捂着右手袖口，仿佛那里藏了一只不祥的乌鸦。

“孙荣！”

陆鸣一进宿舍楼就开始喊。

“吁——”宿舍楼里随即传来一片嘘声。

如果放在平常，陆鸣定要停下来，跟他们理论几句。可现在，他胳膊上的羽毛随时都可能掉出来，或者长到他的脖颈，长到脸上……陆鸣使劲摇摇头，不敢再想下去。他一路叫着孙荣的名字，忙不迭地奔到宿舍，可孙荣不在他的铺上。

“孙荣呢？”陆鸣问同宿舍的汪飞。

汪飞朝陆鸣白了一眼。

“你这人很不地道啊。”

“什么意思？”陆鸣不解，“算了，我也不管什么意思了，我有急事，快告诉我孙荣在哪。”

“哎，朋友妻不可欺你知道不？”

“你说什么？”陆鸣有些懂了，“这个，你们都误会了，我跟沈念只是去，去做飞行训练，我们很清白——”

“飞行训练？半夜去做？早上才回来？”汪飞大笑起来，“你就这么去跟孙荣说啊，告诉他，你跟他喜欢了一年的姑娘，清清白白共度良宵！”

“住口。”孙荣的声音。

汪飞朝门口看，孙荣就站在那里，晨光从身后打进来，没人看得清他脸上的表情。

“我从来没说过喜欢沈念，陆鸣跟沈念怎么样是他们的事。”孙荣走近汪飞，“谁再胡说，我定不饶他。”

“呦。”汪飞轻蔑地看了孙荣一眼，“呸，怂包！”

孙荣静静看着汪飞，没打算做什么回击。可一个拳头，石块一样落在汪飞脸上，陆鸣推开孙荣，一下扑了上来。他的右手出拳之迅疾让孙荣目瞪口呆，汪飞起初还能反击两下，可很快便毫无招架之力，他刚刚还不可一世的脸上，很快便血肉模糊。

“谁是怂包？嗯？我让你说，让你说，让你说，打死你！”

“够了！陆鸣！”孙荣扑上去拦腰抱住陆鸣，“再打下去，要出人命了！”可陆鸣的力量突然猛增。他整个人就像刚出了笼的怒狮，根本拉他不住。整个宿舍的人都吓呆了。他们没法把眼前这个狂怒的陆鸣，同平常那个弱不禁风的少年联系起来。“拉开陆鸣！”孙荣一边拉扯着陆鸣，一边寻求帮助，这时，同宿舍的其他人才反应过来。大家一哄而上，好不容易才把陆鸣逼到墙角。汪飞倒在血泊里，奄奄一息。

“快把他送医务室！”孙荣这下真的着急了。大家用尽全力才把陆鸣按在墙角，可他仍不断叫骂着，试图挣脱。孙荣发现，陆鸣的眼睛里有一种非常可怕的疯狂，愤怒地燃烧着，显然已经失了理性。为了挣开层层束缚，陆鸣就近咬住一条手臂，只听“哇”地一声惨叫，室友的手臂竟被陆鸣生生咬出血来。

“陆鸣！”孙荣大喊，“放开！放开！”可陆鸣就是死死咬住不放，眼看就要咬下一块肉来。孙荣啪地一声，扇了陆鸣重重一个耳光。

“闹够了没有！”

陆鸣的眼睛充满仇恨，他盯着孙荣，张开嘴，那条血糊糊的胳膊终于获得了拯救。

“啪！”又是一个耳光。

陆鸣的眼神开始回暖，那些冷峻的光渐渐消逝了。他的四肢如平常那般，变得无力起来。陆鸣傻乎乎地靠在墙上，看着孙荣，记不起刚才发生了什么。

“孙荣，对，孙荣，我有话对你说。”陆鸣喘着气，他都不知道自己为什么这么大喘气。孙荣也喘着气，他是被陆鸣气得不轻。

“你给我出来。”孙荣拽起陆鸣的衣领，三两下把他拎出宿舍。陆鸣再次想到他的右胳膊，便牢牢按紧袖口。

可这袖口怎么湿答答的？何时沾上了这么多血？陆鸣自问。

谁的血？

他一点都闹不清楚。

第八章

无翼者

“这不可能……”陆鸣站在医务室窗外，看着里面仍处于昏迷状态的汪飞，不断喃喃，“这不是真的，怎么会是我？孙荣，怎么可能是我？”

“如果不是亲眼看见，我也不会相信。”孙荣看着汪飞，一脸无奈，“这下可不是你说一句抱歉就能解决的了的。你快想想，怎么对付学校的处罚吧。”

“我还是不信，一定是哪儿出了问题。我怎么能把人打成这模样呢？孙荣你知道我的，我连杀只鸡都不敢，怎么会？”陆鸣举起自己的双手，目光盯在右臂上。

“你不是还要去杀食人鹰吗？”孙荣的目光异常冷峻，看来，他早对陆鸣失去了信任。“你是不是跟那些猎鹰人学了什么可怕招数？”

“我没有！我是想做猎鹰人，可一切都还没来得及准备呢，我就在食堂见过他们一次而已，其他时间，我没有……”

“昨晚呢？”孙荣总算还是开口问了。

“昨晚我跟沈念在一起，不信你去问她，我绝对没有找猎鹰人。”

“真的是和她在一起。”孙荣像是自言自语。

“你们在一起，一整晚。”孙荣又连续说了几遍。

“我们是从小一起长大的兄弟。我，只对你一个人，毫无保留地说过，我对沈念的……”孙荣顿了顿，“你知道我在说什么。”

“我知道。”

“那你还——”

“昨天发生了很多事。”陆鸣扶住额头，“我一时跟你讲不清楚，可是孙荣，我对沈念真的没有什么别的心思。我不像你……”陆鸣看了孙荣一眼，“我不像你，你总会开上飞机的，但我不可能。也许是觉得我太没用吧，沈念说她可以带我飞一次，让我知道一下什么是飞的感觉。”

“所以你们一晚上都在开飞机？”孙荣狐疑。

“不然呢？”

“一点没骗我？”

陆鸣摇摇头。两人陷入静默。陆鸣依然捏着右臂袖口。他很想把袖子捋上去，给孙荣看看他正变成什么模样。这样，他也许就不会在沈念的问题上跟他反复纠缠。可不知为什么，陆鸣现在有一点担心。直觉告诉他，让孙荣看到自己长满了羽毛的手臂，一定是个错误，天大的错误。

陆鸣退缩了。

过去与孙荣一起生活的点点滴滴，不知为何竟起不到一点作用。在孙荣眼里，他已经是个不值得信任的兄弟，而在陆鸣眼中，孙荣也再不是那个值得依赖的小哥哥。不知究竟是不是沈念的缘故，两兄弟之间生了嫌隙。孙荣看着陆鸣的慌张，异常冷漠。而直觉告诉陆鸣，这种嫌隙绝对不是刚刚才产生的。

“孙荣。”

“什么？”

“我问你一个问题。”

“你说。”

“如果将来，我是说如果，我变成怪物，比如说，食人鹰，你还会站在我这边吗？”

孙荣看着陆鸣，满眼不解。“你脑子里又在想什么？不要一天到晚拿奇奇怪怪的问题来折磨我好吗？”

“如果，我是说如果。”陆鸣靠近孙荣，“你会帮我吗？还会相信我是你兄弟吗？”

孙荣愣了一下，因为陆鸣似乎对这个问题的答案，充满期待。

“如果你是食人鹰，我们就是敌人。”孙荣说得面无表情。

“可我肯定不会伤害你。”陆鸣看着他，可他正看着满脸是伤的汪飞。

“到时候就由不得你了。”

陆鸣不再说话。孙荣拍拍他的肩，说：“别想这些没用的了。教务长很快就会找到你，快想想怎么办吧。哦，对，你不是有话对我说吗？”

陆鸣下意识把手臂背到身后。

“我没什么话，就是，就是跟你解释清楚。”

孙荣看着陆鸣欲言又止的样子，知道他隐瞒了些什么。可究竟是什么呢？孙荣不会问。

医务室里一片沸腾，汪飞醒过来了。

“进去看看吧。”孙荣对陆鸣说。

陆鸣嘴上说好，可脚下始终迈不出那一步。孙荣只好推了他一把。陆鸣的步子朝前迈着，右手不自然地摆动。刚刚赶到医务室的陆慈看到这一前一后的兄弟俩。她怒不可遏地走上去，给他们的后脑狠狠来了一记。

“姐……”陆鸣一阵呻吟。

刚睡下不久的英迟，忽然醒来，手臂处处酸痛。屋内被遮得严严实实，看不出什么时辰。床头有一串鹰喙制成的精巧风铃，是妹妹英儿送的。英迟随意拨弄了一下，那声音并不清脆，倒是木讷，还有点沉闷。英迟喜欢这个声音，像是英儿每日敲门的声响，带着点不张扬的顽皮。侍从鲁阿从王早上归来便一直守在门口，他终于听到风铃细微的钝响，算是得令，推门而入。

英迟看到门口有光，知道是鲁阿进来了。刚刚因想起妹妹而浮现在脸上的笑容，顷刻乌有。

“老奴服侍您——”

“什么辰光了？”英迟光脚踩在木板上。湿气迅速弥漫在脚板，鲁阿适时递上拖鞋。英迟讨厌这种湿气，当然，没有哪只鹰不讨厌。英迟打开窗子，朝天空匍匐。他长长的辫子伏在地上，良久。

“该吃午饭了，王。”鲁阿依然佝偻着背，在黑暗里，像个木桩。“还有，无翼者派人过来了。”

“派人？”英迟直起身来，看向窗外那一片湖水，太阳反照得实在厉害。英迟闭上眼睛，张开双臂，鲁阿走上前为他更衣。他的胳膊上有多处勒痕，鲁阿偷偷看了几眼。

“我需要见的是他们的头领，不是小喽啰。”

“是头领。不过是少当家。”鲁阿解释，“而且，是母的。”鲁阿小心避开英迟的头发，这是鹰神赋予的魂气，任何人都触碰不得。

“什么公的母的。”英迟又是不悦，“说多少次了，女的，女人，女子，听懂了吗？”

鲁阿赶紧点头，他不好意思地笑笑说：“我们黑鹰，叫了一辈子公母，突然要改，我还真不太习惯。”

英迟把鲁阿系扣子的手推开：“叫你学会尊重自己，怎么，就是做不到吗？”

“做得到，做得到。”

“那个无翼女人在什么地方？”

英迟径直走向门口。

“书房。”鲁阿紧赶几步。

“带她到餐厅用午膳。”

“是。”

鲁阿走向与英迟相反的方向。等他折回来的时候，身后跟了一个目光犀利的女人。鲁阿把她引到餐厅，英迟正低头看今日的菜色。门口多了一抹粉红，他不是没注意到。

“天天都一样。这临阳除了菌子，就没别的什么可吃吗？”英迟一脸的不满。

鲁阿示意侍餐仆把菌子端走，那个身穿粉红色洋装的女人却开口说话了。

“本就是吃菌子的季节，不吃这个，岂不白白度了雨季？”

英迟被她这么一呛，抬起头来。这是个二十岁上下的女人，她直愣愣地看着英迟的长辫子，掩嘴，藏住嘴角的一丝牵动。

“你叫什么？”英迟问。

“英膺。”那女人答道。

“向王行礼。”鲁阿小声提醒道，可英膺只是自顾自走到桌前，凑近那盘清奇菌子，算不上克制地笑了笑。“凉拌短裙竹荪。”她看向英迟，“你这个年纪的男孩子该喜欢吃的。”

侍餐仆的手僵在桌边，他看向鲁阿，鲁阿示意他退下。

“在人堆儿里太久，忘记怎么跟王行礼了吧。”鲁阿赶紧凑上来，“像这样，打开胳膊，微微屈膝——”

英膺看着他，并不照做。她拉开椅子，坐到英迟对面，而他始终盯着她纯黑的眼眸看。如果她有翅膀，在黑鹰世界里，这就是一等一的姑娘。身材矫健却玲珑有致，眼眉浓黑，短不了一分英气。而她的衣装和脸上绯红的神色，挑得人痒痒的说话腔调，甚至手指划过桌子，指尖点着桌面的小动作，又让她平添不少妩媚。

可她身上太多人的寡气，英迟把目光下移到那盘“短裙竹荪”上，然后，他支起手臂，再次抬起头来。

“吃惯了这些东西，你还记得自己是吃过生肉，长过翅膀的鹰吗？”

英膺脸上始终挂着微笑，她轻巧地摇了摇头。“没吃过生肉，哪会记得？”她摆摆衣襟，歪靠在椅子上，身体的曲线好得让男人们看了难受。鲁阿咽了咽唾沫，只听英膺继续说道："至于翅膀，我印象里几乎都没这回事儿了。哎，你现在是要大发慈悲，还给我们这些可怜人了吗？"

"放肆！"鲁阿冲上来拽住英膺的胳膊，喝道，"看你这轻浮的态度，这，这是跟王说话的态度吗？"

英迟瞪了鲁阿一眼。"轮到你说话了吗？"

鲁阿赶紧放开英膺，退到一边。

"你可以出去了。"英迟说。

鲁阿只好又退到门口，把门轻轻掩上。英膺重新整了整衣领和袖子，一番拍打，生怕这洋装上留下褶子。"讨厌死了。"她嗔怒。

"对衣服都这么在意，我不信你会不在乎那对翅膀。"英迟举起筷子，伸向竹荪。

英膺白了他一眼。"我是不在乎，可有人在乎。"英膺坐正，"我是为了他们才跑到这里的，白白等你一上午，还不给午饭吃。"

英迟终于肯笑笑，摇了摇手边的餐铃。侍餐仆走进来，新添置了一副碗筷。

"吃吧，吃你爱吃的菌子。"

英膺也不客气，只管把好吃的往嘴里送。

英迟问道："他们为什么不亲自过来？"

"还用问吗？"英膺把胳膊都放在桌子上，凑近，小声说道，"他们不要你这个弑君者，做他们的王。"英迟也凑近，女人的声音在窗外知了的鸣叫里，找到缝隙，钻到耳中。

“你这么说，不怕我降罪于你吗？”他擦擦嘴。

“你需要我的帮助，怎么会降罪于我？”英膺终于把筷子放下，说道，“我的王哟，我那些长辈都是白鹰王的忠仆，他们不会听你的。可我不一样，我从来没见过那个什么白鹰王，而且，我也不觉得能把亲儿子流放的父亲，会是什么好君主。”

英迟把身子靠在椅背上。这顿午饭已经吃到了让人犯困的午后，可他看着眼前的女人，一点困意都不曾有。可能是上午补过觉的缘故吧。英迟对自己说。

“我说这话不是安慰你。”英膺依然在说，“我也不觉得你这种手刃父亲的人，未来会成为一代明主。”

“可你毕竟尊我为王了，不是吗？”

“那是因为我没王可尊了。”英膺刚才还显得妩媚的脸上，现在又平添一副少女气，看上去竟有些蠢了。“你知道现在人类已经不兴这套，我倒反而觉得无趣了。”

“是吗？你喜欢做人下人，而不是像他们说的那样，人人平等吗？”

“那倒不是。”英膺摇头否认，“我只是喜欢心中有王的时候，那种灌注全身的荣耀感，我喜欢那种东西，像是一种古老的仪式，让人懂得敬畏。”

英迟听完这话哈哈大笑起来。鲁阿在门口听到这一串笑声，禁不住凑到门边。少王从来不会这样笑的，那姑娘到底跟他说了什么？

“你对荣耀，懂什么？”英迟无所顾忌地张口笑着，“你跟一个弑君、弑父的人谈荣耀？”

英膺没有回以笑声。她看着英迟，脸上粉红的少女气已经消散。

“我知道你在意这个，看你的眼睛，真正的撒路法家族的眼睛……”英膺把身子移到桌上，双肘支在干净的餐布上，阳光一晃，她用眼睛勾住英迟，纤细的手绞着一缕英迟的发。

“你也许不是那么想把父亲杀死，只是——”

英膺后面的话没来得及说出来。英迟一把掐住她的脖子，死死摁在桌上。衣服浸染油污，粉红变作猩红。窒息的感觉冲倒了英膺，口腔里冒出一层血泡，层层又铺向面部，但她没有反抗，只是紧紧扒住桌子的边沿，过程中碰翻了半盘竹荪，蹭掉了一只小碗。侍餐仆紧张地看着眼前一切，却什么都不敢做，只能谨慎地拾起那只小碗。鲁阿闻声闯进来。王的翅膀正在腾起，他是真的生气了。

“别以为你很了解我。”那双刚才还招英膺喜欢的眼睛，现在却充满恶意地死死瞪着她，仿佛有血海深仇的是他们。英膺想说话，想呐喊，可这会儿已经没了声气。可恶。英膺摸出藏在衣服里几乎透明的羽刀。如果他还不松手——

“王，别杀她，我们还用得着呢！”鲁阿冲上来，却不敢上前直接拉开少王。

“滚开。”英迟怒视，然后他把重重的喘息贴到女人脸上，松开了掐住她的手。“我告诉你，我杀他是因为我想杀。那种父亲，值得千刀万剐。我要你来——”英迟的鼻尖又硬又凉，像刀刮在英膺脸上，“是要你给我找出那个白鹰孽种，然后，亲手，杀死他。让他像那个该死的白鹰王一样，死在血缘的无情和恐怖中！”

一股血气冲到嗓子眼，英膺一阵咳，她欠身，挣开英迟，咳出一滩血来。等她渐渐恢复了呼吸，扭过身来时，英迟已经回到常态。他的翅膀消失了，英膺有些惘然。那是一双其实充满美感的灰色翅膀，英膺看到它的时候，突然一阵向往，尽管被英迟掐得无法呼吸，可她被这翅膀感动得，竟有一丝心痛。英膺的羽刀落在地上，英迟听得清脆一声，那武器落在他的头发边上。英迟拾起羽刀，递给英膺。

“做好你该做的事，我会还你翅膀。”

英迟说完便走向门口，留下英膺一个人，感到混沌。她摸了摸脖子，火辣辣的勒痕让她清醒。

“王。”她叫住英迟。

英迟回过身来，看到英膺双手展开，双膝弯曲。她顺服地朝鹰王行礼。英迟抬了抬手，示意她平身。

“如果你想找到他，到航校来。”英膺站直，她的洋装油迹斑斑，同刚才进来时大不一样了。

“不妥。”鲁阿马上反对，“那是猎鹰人经常出没的地方，王，那里还有很多飞机，都是大怪物！要我说，嗨！总之，那地方对我们很不利。”

然而英迟并不理会鲁阿。他走到英膺面前，英膺下意识地朝后退了一步，但她依然保持身姿的笔直。

“你可以成为那里的学生。”英膺咳了一声，补充道，“但你必须斩断头上的魂气，你必须削发。”

“万万不可！”鲁阿扑通跪下，“少英王，那可是鹰神赐予的魂气，你不能——”

“我还有什么不能？”英迟看看鲁阿，重又转过头来，“至于猎鹰人……”

“猎鹰人不算什么。” 英膺也看着鲁阿，阴森森地说道，“航校里，也许还有蛇人。”

“什么？”鲁阿脸上的表情从紧张变为彻彻底底的恐惧，“蛇人，王，你听她说了吗？蛇人！”

“蛇人百年前就死绝了。”英迟抬起手来，摸了摸英膺满是勒痕的脖子，“那么，我该怎么称呼老师您呢？”

“他们，都叫我 Frida 老师。”

英膺这一次没有退缩。英迟笑笑，转身离开餐厅。英膺舒了口气，从皮包里拿出一枚小小的镜子。镜中自己同早上来时一样，脖子上的勒痕和痛感，已经消失了。

第九章

陆鸣之泣

在陆鸣眼里，校长办公室比他想的还要没趣味。姐姐陆慈就是这间办公室的行政秘书。陆鸣本来低着头，现在不禁瞟向陆慈。她竖着颀长的脖子，正等着李校长恼人的步子，踱到她的耳窝里来。

她不同他讲一句话，甚至也不愿多看他一眼。陆鸣知道，这次他真是把祸闯大了。孙荣站在姐姐的座位后面，背靠着墙，他脸上的寂寞加剧了陆鸣的不安。

就要被开除了，陆鸣看到教务长王平治走进来的时候，不无道理地想。跟在王平治身后的是一个教师模样的人，陆鸣从未见过，但他确信，这文弱样子一看就不是行伍出身的教官。也许是新来的国文老师？陆鸣胡乱猜想。李校长急促的步子最后踱进来。陆鸣搞不懂他是怎么回事，永远踩着嗒嗒嗒的小碎步，却总是最后一个才出现。

“哎呀哎，世侄，你这次真是——”李校长着急地跺着脚，“你让李伯伯很难做啊！”

李校长看上去比陆鸣还要不安和烦躁，陆鸣寻思着是不是该安慰安慰他。没等他开口，陆慈就站起来，朝李校长深鞠一躬。

"伯父，这一年多来，我们姐弟给您添了不少麻烦。"陆慈看看陆鸣，又看看孙荣。孙荣感到不妙，直起身子。"我看我这弟弟也不成器，实在不值得您再费心了。我求您一事，看在先父面子上，还请伯父务必应允。"

"你说，你说。"李校长走近陆慈，几乎是贴着她的耳朵说，"放心，我不会开除令弟，毕竟是溪堂兄的公子，这点面子我还是——"

王平治干咳两声，不一会儿竟咳得似要肺裂，他打断了校长的许诺。"身为督监，咳咳，我必须提醒您，校长，这陆鸣，咳咳，不仅是实打实的差生，更目无师长，今天看来，咳咳，还为人凶残，校长，我必须——"

"好了！"李校长移开步子，坐到办公桌后面，"督监，你既然身体抱恙，何必还要跑来搅和这种琐事呢？"

"我身为督监，咳咳，校长，我义不容辞。"王平治边说，边举起拄着拐杖的手。

陆慈走到王平治身边，搀起他突然就病病歪歪的身体，把他扶到自己的座位上。

"督监，您说的很对，剩下的我来替您说吧。"

王平治看着陆慈，有点不相信自己的耳朵。只听陆慈继续说道：

"伯父，我今天带弟弟们来，是给他们办理退学手续的。另外，我自己也要跟您请辞，还望原谅。"

"什么？"大家都有些吃惊，尤其是孙荣，他脸上压抑的与其说是吃惊，不如说是愤怒。他重重靠回墙上，沉闷的"嘭"

地一声，陆鸣读出一种巨大的难过和失望。

“陆小姐。”王平治欠起身来，“我想你是误会我的意思了。我说的是陆鸣，跟孙荣没关系的。他肯定会成为最优秀的飞行员，你不能这时候让他退学啊。啊，还有，您这秘书工作做的不是好好的？也用不着因为令弟的事情，负气辞职吧？这生活得过，是不是？校长，你说句话啊。”

李校长难得赞同教务长的观点，他摆出伯父的慈爱相，问道：“陆慈，是不是生活上有什么难处？”

陆慈摇了摇头。陆鸣看着她异常坚定的背影，为孙荣感到难过。他终于开口：

“姐，是我做了错事，你不要连累孙荣，他不能离开航校。”陆鸣说得异常恳切，王平治不禁都点了点头。陆鸣定定站在原地，继续说道：“我没用，我总是闯祸，可是我不想连累别人。校长，你开除我就是了，千万别让孙荣退学。”陆鸣想到自己那满是羽毛的胳膊，绝望铺天盖地袭来。他看向孙荣，孙荣并不看向他，只盯着他的影子。

“我反正也不会成为飞行员，我反正，不会有什么出息。姐，我反正，反正没有用。可我求求你了，别总是让孙荣因为我，受到影响和伤害。你知道的，航校是他的全部，他喜欢的、在意的、拼命努力的一切，都在这儿，你别、别对他这么不公平……”

陆鸣说着竟有些哽咽。孙荣终于抬眼看他的时候，他已分不清自己究竟是在为孙荣难过，还是为自己。他只是攥紧右手手臂，那厚厚一层异物让他明白，未来只会比过去更糟糕罢了。

除了离开航校，也许，他还必须离开家，离开姐姐，躲开所有人。他想到躺在病床上奄奄一息的汪飞，那张满是血的脸——他想起来了，正是自己这只右手的杰作。陆鸣狠狠抓住袖口，他咬着牙，还是没忍住，泪水就那么轻易地从他眼里滚落。

我可真是没用啊。陆鸣擦擦迷蒙的眼睛，转身离开校长室。可一只手拉住了他的右胳膊。那是异常有力而节制的手，抓住了陆鸣的秘密。然而他并未因此感到惊慌，陆鸣扭头看向那个站在门口的教师模样的人。

这种让人感到威胁又充满信赖感的力量，真的来自这个白面书生吗？陆鸣恍惚了，只听那人说道："这是我的学生，他的去留，没人问问我的意见吗？"

"你是？"陆慈看向他，这是一张极不熟悉的脸。

"哎呀哎，你看我，忘记介绍了。"李校长走到那人身边，顺势把门关上了。"这是航校从国外请来的飞机制造专家，梁平，梁先生，以后机械科的事情，都要交给他了。来来来，大家都进来，世侄，你先别那么难过嘛，我们总会讨论出一个让大家都满意的结果来。"

陆鸣只好往里走了两步，陆慈把陆鸣拉到身后，让他跟孙荣站在一起。"男孩子，你哭什么？"陆慈愠怒，然后她朝梁平看去。孙荣给陆鸣揩掉眼泪，小声说道："净瞎说，你几时连累过我？"陆鸣感激地看着孙荣，似乎他还是从前那个小哥哥。

陆慈对梁平显然不够信任，她简单瞥了他一眼。

"这么年轻的专家？"

梁平微微欠身。“陆小姐谬赞。我比你想象的可老得多了。”

“是吗？”

“是啊！”李校长拍拍陆慈的肩，“梁老师的真实年龄，你啊，是猜不到的。陆慈啊，你看，我特意把梁老师叫过来，就是要让你放心。人家其实还没入职呢！你啊，把心揣肚子里去，我世侄在机械科会有出息的。”

“校长，你——”王平治又要咳起来。

李校长及时打断了他的表演。“我说平治，你不想失去孙荣这么优秀的飞行员吧。”

王平治把撕心裂肺的咳嗽硬生生咽了回去，化作一生闷闷的鼻音。“我也是为了学校好。”

“我知道，我知道。”李校长笑起来，“航校不会忘记你的功劳的。”

“可是伯父。”陆慈不安，“你知道，我本来是要带弟弟们离开这里的。”

“离开这里去哪里呢？”

“去没有食人鹰的地方。”

李校长意味深长地看着陆慈，一点超然，一点落寞。“没有食人鹰的地方，你能保证就没有兵荒马乱吗？陆慈，这天下乱了，哪里都一样。伯父待你们同自己孩子一样，你们都留在航校，我想你父亲也安心一点，不是吗？”

陆慈听过这话，倒也哑口无言。她背对着两个兄弟，可依然感受得到他们的目光，尤其是来自孙荣的那份，带着不张扬，却异常强烈的期待。这期待让陆慈心疼，刚刚陆鸣的那番话，又翻江倒海般，冲过陆慈本就柔软的心，漫过她深思熟虑做过的决定。

陆慈走向陆鸣，问道：

“你能答应我不再闯祸吗？”

陆鸣把手背在后面，他意识到自己根本无法给出这个保证。他犹豫了。这时孙荣开口道：“他不会再闯祸了。我会看着他。”

陆鸣看看孙荣，他知道孙荣这么说当然是为他自己，可他还是被感动了。一起相依为命十几年的时光，在这并不起眼的瞬间，冲破了之前的隔阂，如约赶来。他们是两个失去父亲的少年，艰难寻求着生命里可靠的一切。陆鸣无比清晰地认识到这一点，他知道，只要有这一点在，他们就不会离开太远……

归家路上，陆鸣用余光不时瞥向孙荣，他的侧面在阳光裹挟的灰尘里，明朗且干净。万物都这般净朗，万事相系，无需语言。陆慈走在前面，孙荣就在旁边。陆鸣珍惜这短暂的平静，他暂时忘记了那些长在他手臂上的，注定要飞起来的羽毛。

然而，站在矮樟树下面的那个大胡子提醒了陆鸣。仓水决朝他走了过来。

一个想法登时冒出脑海。

那根蛇索！对，蛇索……

左手摸索在羽毛丛生的右手腕上，然而那根蛇索却不见了。

“趴纠！”

陆鸣慌张地把手背在后面。他又闻到饭堂里那股怪味道，是仓水决。而孙荣正试图把他挡开，陆慈紧张地扭过身来。

“我找那姓陆的小子。你是谁？”他粗鲁地拧住孙荣的胳膊。孙荣也不示弱，反手挣开，重新站定。

“陆鸣，你认得他？”陆慈问道。

陆鸣点点头。他走到与孙荣并排的位置。“姐，这位，他，是我的猎鹰人朋友。”

“什么？你跟猎鹰人是朋友？”陆慈刚刚放下的心又提起来，“鸣儿，你怎么能跟猎鹰人做朋友？”她的眉毛拧成阴山。

“怎么就不能是？”仓水决呼呼噜噜地说道，“哎，小子。你不是想做猎鹰人吗？我们正招人呢，来吧，我带你。”

“真的吗？这太——哎哟——”陆鸣刚想问个究竟，没料到孙荣重重踩他一脚。

“还能有假？没几个囫囵兄弟了，这一带的食人鹰，厉害！怎么样，来还是不来？”

陆鸣看看孙荣，犹豫起来。他当然想当猎鹰人，可眼看自己就要变成鹰怪了，这大胡子若是知道了，不撕了自己才怪！

架在肩膀上的脑袋仿佛不是自己的，陆鸣摇头了。仓水决的大胡子突然涌到脸前。陆鸣鼻尖一阵痒。

“怎么了？怕了？臭小子，你玩我是不是？”仓水决声若洪钟，可他凑到陆鸣耳边，声音突然又轻若鸿毛：

“我只告诉你，小子，麻烦大了。食人鹰只是小喽啰，真正可怕的是，鹰人……”仓水决还没说完，便被陆慈一把推开了。

“谁想让我弟弟去送死，我决不饶他！”陆慈喝道。

“小娘子，力气很大嘛。”仓水决哈哈一笑，凛然收住笑声，“是，是，你弟弟的命最值钱，最、值、钱！”

“你什么意思？”陆慈不安，“你想说什么？”

仓水决看看孙荣，皮肤像老树皮一样皱起来。

“没什么。”他捏捏陆鸣的肩膀，似是比上次宽厚了。

“陆鸣，是吧？”

陆鸣点头。

“我知道你的小秘密。”

陆鸣心里一紧，下意识地后退。

“你放心，我可不会轻易讲出去。”他看向陆慈，又回过来对陆鸣笑了，这一笑算得上慈祥。他凑近。

“在落鹰山，你会找到答案。”

仓水决说完这话便走向矮樟树。他比从前更是步履沉重。

“天就要大黑，臭小子们。”他边走边说，没有回头。

“一个都逃不掉喽。”

一个都别想逃。

第十章

机械科荒鹜

“你知道荒鹭吗？”

“嗯？”陆鸣刚进教室，沈念劈头盖脸就来了这么一句。

“同学，你走错教室了吧？”陆鸣没精打采地坐到最后一排，沈念却拎起他的书包，放到第一排。

“坐这里，我们同桌。”

“别开玩笑了。”陆鸣伸手去拿包，沈念却把他按定在座位上。

“我说真的。同学你好，以后多多关照。”沈念伸出右手，陆鸣犹豫了一下，把右手伸过去，沈念紧紧一握。

“可以你的成绩，不是应该在飞行班吗？”陆鸣搞不懂了。

“这有什么稀奇。”沈念摆出她的文具盒，打开，陆鸣瞥见里面过于整齐的布局。沈念拿出一支钢笔，放在本子右侧，摆得很直。

“我生来就是要造飞机的。开飞机只是兴趣，再说，我偶尔也需要开开飞机来把握手感，而且——”沈念过于激动地转过头来，要不是与她待过那一晚，陆鸣肯定又要不习惯。“知道谁来教我们吗？”

不就是那个梁平吗？陆鸣脑海中闪过那个年轻男人冰凉的侧脸。

“荒鹫！”沈念期待陆鸣脸上有惊喜的表情，可他没有。

沈念只好一脸崇拜地朝他解释道，“荒鹫梁平，你没听说过吗？就是那个用俯攻法击落十三架战机的那个！”

陆鸣笑沈念真是脑袋昏掉了。

“根本就不是同一个人。”陆鸣斩钉截铁，“此梁平非彼梁平。这人我见过了，就是个教书匠，那模样不可能是王牌飞行员。再说了，人家那么厉害，怎么会屈尊到我们这种犄角旮旯的航校，还教机械科？”

“他本来就是造飞机出身的，怎么不能教机械科？欸，不对，你见过他？什么时候？”

“我最无助的时候。”

陆鸣说完便拿起书包，还是往后排走。

“哎！都说了，跟我做同桌。”沈念站起来。陆鸣扭头，言辞冷漠。“沈小姐，你带我这种没用的人去坐飞机，我真的很高兴。可我不能跟你坐同桌，咱们也最好别走这么近。”

陆鸣转身又要走，沈念拉住他的书包带子。

“为什么？”她还真的偏要问。陆鸣无奈笑笑，真拿她没办法。

“咱们呢，不是一路人。”陆鸣把书包带子从沈念手里拉出来，“你不吭一声到机械班来，有人会很难过，何况他还专门给你准备了礼物。你可能不在意他高不高兴，可我很在意。”

沈念还要开口，梁平这时走进教室。

“你感兴趣的人来了。”陆鸣提醒沈念。沈念看向讲台。是他，真的是荒鹫。沈念本该高兴的，可陆鸣刚才的话让她怎么都高兴不起来。第一排很是落寞，沈念左右看看，这一整排，只她一个。

陆鸣远远看着讲台上的梁平。他穿一身藏青色条纹西装，非常合体，倒没有那日那么消瘦。可他依然面色苍白，身上的夏布衬衣贴在胸膛，像一层皮肤，完美展露着他的好肉体。

肉体。陆鸣想，自己怎么会想到这个词？

他晃了晃脑袋。梁老师现在倒是有点军人的意思了。也许他真的是沈念说的那个“荒鹫”？

陆鸣目光下移。无论他怎么想避开沈念，她的细瘦的脖子，鬓间碎发，还有单薄的肩膀，以及那晚转动转盘时优美的背部线条，总还是出现在他的眼前，或是脑海。

也许是她太孤独了吧。

陆鸣看着荒漠般的第一排。沈念如一株忧郁的仙人掌，栽种在她的座位上。

该死，她就没什么朋友吗？

陆鸣心里乱了。

梁平微微轻了轻嗓子，沈念抬起头看他，教室里正安静下来。

该死。陆鸣心里更乱了。

就在梁平开口的一瞬，陆鸣噌地站起，抓起书包走到第一排，把包扔在沈念旁边的座位上。沈念没有看他。她微微颔首，眼里湿湿的。

真不知自己是怎么了，沈念脸微微发烫了，生平第一次，她为身旁有人坐下，心中悸动。陆鸣也不看她，只是愣愣地坐着。

坐下的一瞬，他不是没想到孙荣。他此刻也许正站在训练场上，目光逡巡着，寻找身边这姑娘的身影。他一定很落寞，手上指不定还拿着昨天专门给沈念买的礼物—— 一条红色的飞行围巾。

哎，那正是陆鸣帮他挑的。

“陆鸣。”梁平扰了他的思绪，打断得恰到好处。陆鸣抬起头来。

“选好你的座位了吗？”梁平的玳瑁眼镜在阳光下泛起珠润般的黄褐色，这用鳞甲制成的眼镜架上布满富丽斑点。

“报告老师，我选好了。”陆鸣把视线从梁平的眼镜处移开。

“选好了就不许再动。”梁平嘴角一丝牵动，但他没有笑，“好，现在我们开始上课……”

“起立！”清亮的女声耳畔响起。陆鸣伴着沈念的声音站了起来。背部长出第一根羽毛，陆鸣并未察觉。可讲台上的“荒鹭”，看得清清楚楚。一根羽毛小帆一样从血海里翻出，又利刃一样钻出皮肉。

终于找到你了。

玳瑁眼镜不动声色。可如果这时谁凑近了看，就会发现那眼镜架上正翻动着细小的鳞片，擦着光。不是别的，正是蛇的吻鳞。

整个上午，沈念同陆鸣都没再讲过一句话。午饭的时候，陆鸣踌躇着，没有离开座位。他本来是要跟孙荣一起吃饭的，可现在，他不知道该怎么面对他。沈念大概懂得他的心思。她慢吞吞地收拾着笔盒，一支钢笔，一支铅笔，一块橡皮，被她细长的手指，反反复复地摆弄着。他们谁都没有发觉，孙荣就站在机械班门口，手上拎着一个纸袋子。

“午饭你到底吃不吃？”孙荣朝陆鸣喊道。

陆鸣看向孙荣，就像做了错事的孩子，他都不敢说话了。

“我能跟你们，一起吃吗？”沈念打破兄弟两人的沉默。陆鸣看看她，又看看孙荣。孙荣刚刚还盛气凌人的模样此刻像是罩上一层柔光。

“当然，当然可以。”孙荣煞是好看地笑了。

沈念离开座位走到孙荣跟前，回之以微笑。

“拿来吧。”她伸出手。

“什么？”孙荣攥湿了他手里的纸袋子。

沈念看看陆鸣，又看回孙荣。“不是给我准备了分班礼物吗？”

“哦哦。这个……”孙荣把纸袋子交到沈念手上，“我本来想上课时候送给你，都带到训练场了。可我没想到——”他看了一眼陆鸣，继续说道，“没想到你到这儿来了。”

沈念把纸袋打开，拿出一个崭新的风镜，皮质柔软，镜片茶色，是时下最流行的圆片镜。

孙荣观察着沈念的反应，看得出，他有些紧张。

“怎么？不喜欢吗？”

沈念只是笑笑。她回头看了看陆鸣，摆了摆手上的新风镜，然后她面向孙荣，竭尽全力表现着收到礼物后，姑娘们脸上应该有的愉悦。

“谢谢你，我很喜欢。我只是有点意外，还以为是别的东西。”

“什么东西？告诉我，我下次送你。”孙荣几乎是急切地说。他意识到临时更换礼物是个错误。怎么办？她不喜欢。

孙荣看看陆鸣，他也在座位上看着他，一直都没说话。

“以后不要再送我礼物了。不过今天这个，我收了，谢谢你，我真的很喜欢。”沈念转身回到座位，把风镜连纸袋一起放进包里。“吃饭吧。”她和孙荣一起看着陆鸣。陆鸣终于从座位上站起来，他舒了口气，仿佛如释重负。

沈念和孙荣走在前面，陆鸣故意走得很慢，盯着两人的背影看。

“陆鸣，干吗呢？快点。”孙荣在前面招呼他。陆鸣调出笑脸，快走两步。现在，他总算明白强颜欢笑是怎么回事了。

“孙荣说下午飞行班要搞抢花炮友谊赛，怎么样，你要去看吗？”沈念问道。

陆鸣摇摇头。他其实根本不知道沈念在问什么。陆鸣此刻满脑子都是红色的飞行围巾，飞走的那条，还有昨天，他给沈念挑的那条。

然而午睡过后，抢花炮的喧闹还是吸引了陆鸣。

“什么声音这是？”

“抢花炮比赛。”沈念边说边作图，眼睛几乎贴到纸上。

“有比赛！”睡眼惺忪的陆鸣一听“抢花炮”三个字，立马睁大眼睛。“怎么没人跟我说呢？”陆鸣抹抹眼睛，好让自己快点清醒。然后，几乎是连蹦带跳地，他蹿了出去。陆鸣丝毫没有意识到，由于动作过大，他几乎撞翻桌子，沈念做了近一个小时的图被笔尖划出个大窟窿。沈念把笔往图上一扔，算是功亏一篑了。

“混——中午才说不看的。”

外面很是热闹，教室里却异常安静。沈念四下看看，只剩她一个人了。沈念丧气地把桌上的作图纸团了团，投向门口的垃圾桶。梁平这时走了进来，纸团刚好砸在他的西装裤上。沈念忙起身道歉，刚要俯身捡纸团，梁平把它拾了起来。沈念伸手去拿，梁平却微微后撤。

“冒昧问一句，不会是情书吧？”

“梁老师。不是。”沈念红了脸，“是废图。”

“我能看看吗？”

“还是不要了。”沈念有些羞涩，“您是造出世界先进战机的人，肯定看不上我的图。”

“这个教室里谁都能妄自菲薄，就你不行。”说话间，梁平已经展开了图纸，他走到沈念座位边上，不禁赞叹，“这么有想法的设计，还说不好？厉害，不愧是沈卢挚的女儿。”

“您认识我父亲？”沈念跟过去。

“全中国的人都认识他。”梁平笑笑，从兜里掏出一张泛黄的照片，放在沈念的课桌上。沈念拿起照片，心里一颤。照片上正是年轻的沈卢挚，他穿一件蓝布褂子，跟西装革履的梁平站在一起。他们身后的背景，是大海。

“我们是坐着同一艘船到美国去的。”梁平似是回到那轮船上，“那天天气很好，你父亲跟我说了好多话，还跟我说他有个非常可爱的女儿。不过可惜我们最后去往不同的城市，只见过这一面。来临阳之前，我听李校长说，卢挚兄的千金也在航校。我就想，一定要亲手把这张照片带给你。”

好年轻的父亲。沈念举着照片，看了又看。

“谢谢你，梁老师。”沈念看向梁平，突然又举起照片，“不过，你怎么看上去一点没老呢？简直跟照片一模一样。”

梁平笑笑，调侃道：“姑娘，男人没那么容易老的。”

沈念还要发问，梁平却转换了话题。

“大家都去看比赛了，你怎么不去？”

沈念把照片小心放进笔盒。她摇摇头说：“我不喜欢那种简单粗暴的野蛮运动。”

“抢花炮就是东方的橄榄球比赛，有规矩，讲策略，一点不简单。以前我在美国打过四分卫。现在想想，那种在赛场奔跑的感觉，跟在天上飞真是没两样。”

“梁老师。”沈念似乎因为一张照片就与传说中的“荒鹫”拉近了距离，“我不太懂，你名气那么大，怎么会到边地航校来当教师呢？”

梁平突然凑近沈念，吓得她一怔。

“我说来报仇，你信吗？”

沈念表情严肃，一下便回到过去那冰山般的模样。“我信。”她说。

梁平看她这么认真，没绷住，笑了。

“傻丫头，怎么可能？来了就是来了，没什么特别的原因。”

沈念松一口气。窗外传来不断翻滚的欢呼声。

“还真是受欢迎的比赛。以前的比赛也闹得这样厉害？”梁平走到窗边。他听到沈念的声音从身后传来。

“没有，从来没有过。”

沈念听着这让人不安的喧闹，想到陆鸣，眼前再次浮现陆鸣腋下那些爆出的血管。她不禁打了个冷战。

“陆鸣这孩子，你了解吗？”梁平的声音突然飘来。沈念望了他一眼。背着光，他成了窗口一个黑影。

“不太了解。”沈念如实说。

第十一章

抢花炮

陆鸣赶到赛场，怎么都挤不到前排去。没有谁老老实实在观众席上坐着，大家争相挤到栏杆边，那阵势，好像人人都在场上。陆鸣有些意外。抢花炮虽说是边地一带最受欢迎的体育项目，可在航校，还从没这么火热过。何况，这还只是一场飞行科内部的友谊赛。

陆鸣从观众高举的胳膊下穿过。姑娘们的欢呼声蒸笼一样，让现场迅速升温。不用说，一定是孙荣火龙般矫健的身姿让姑娘们跌入疯狂。一想到孙荣扎着黑布宽幅束腿裤，赤膊怒跑的样子，陆鸣自己都有些激动了。他迫不及待要看一看孙荣虐杀对手的英武，可姑娘们的香汗有着摄人心魄的魅力。陆鸣迷蒙间看到 Frida 老师，她静静站在前排。陆鸣的心跳又加速了，脑门上沁出汗珠，四肢溢满鼓鼓的热情，竟稍一用力便把挡在他前面的人轻松拨开。“什么人啊？”同学们怨声载道，陆鸣跌跌撞撞扑到最前面，Frida 一把扶住他。

“小心。”她说。

Frida 老师让我小心。陆鸣模模糊糊地感到高兴。陆鸣看向赛场，场上一幕让他瞬间清醒。孙荣在空中划出一道悲惨的弧线，像一颗不起眼的石子那样，被人掷在地上。人群这时突然安静下来，继而爆发欢呼，他们喊着一个人的名字，不是孙荣，而是英迟。

英迟？陆鸣在脑海中搜寻这个名字。

“英迟是谁？”

“飞行二班的插班生。” Frida 向陆鸣解释。

陆鸣的双目又变得异常清晰，他看向赛场，英迟就是那个撞开孙荣的人。他壮硕的胸膛和脸上的无情，都太容易辨认了。这混蛋头上几乎没有头发，他擒着红绸布缠绕的铁盘，用肩膀顶开所有挡在前面的人。堪比野猪般强壮的俅人木金就在眼前，他展开粗壮的膀子，朝英迟猛扑。可眼前一幕让在场所有人都惊呆了。英迟纵身一跃，整个飞了起来。他在木金的后脑勺上猛力踩了一脚，身体陀螺般旋转，右手轻轻一投，花炮准确无误地落入炮篮。哨声这时响起，场上溢满欢呼。这个名叫英迟的新人已经超越孙荣，成了全场最让人期待的炮手。

Frida 看着英迟信步赛场的样子，不为人察觉地摇了摇头。陆鸣心里恨得要紧，他看到孙荣几乎是挣扎着才从地上爬起来。一个陆鸣从没见过的少年把他扶了起来。

“谢谢你，易之天。”

孙荣勉强发出声音，易之天看出他伤得不轻。“还能接着比吗？”易之天扛起孙荣的肩。一班其他队员也赶来看他们被掷在地上的队长。木金揉着肿起老高的后脑，一脸不满。“不就是个友谊赛吗？他至于吗？”

“是啊！”其他人也火了，“哪来的啊？下手这么狠！”

陆鸣看到孙荣这时挣扎着自己站定，还好，他还勉强站得住。

“比赛就是比赛。”作为队长，孙荣必须鼓舞士气。“比赛，就是置人于死地！错的不是对方——”他看了一眼在二班簇拥下不可一世的英迟，努力让自己沉着，“错在我们——咳咳——”孙荣一阵晕眩，易之天扶住他的背。

“对！我们对这种人不能太客气！”木金张起手臂，一班所有人把胳膊搭在一起。

“灭了他们！”孙荣咬牙说出这句话，一阵冷风吹过他汗涔涔的身体，他明白，自己是坚持不了多久了。裁判的哨声这时响起。陆鸣紧张地扒住栏杆。

“他快不行了。”陆鸣担忧地说。“你怎么知道？”Frida问他。陆鸣伸出手臂，指着孙荣：“你看他的裤腿，已经抖起来了。” Frida 顺着陆鸣手指的方向望去，果然如他所说。

不是所有人都能在这么远的距离看清如此细微的抖动。

看来我猜的不错。Frida 意味深长地看向陆鸣，他就是英迟要找的人。Frida 等待着陆鸣的目光转到她的脸上，然后微微一笑，抓住陆鸣伸出去的手，细声说：“跟我回趟宿舍好吗？我有点事情要问你。”

陆鸣紧张地把手抽出来，向后一个踉跄。他的心快跳出嗓子眼，飞到天外了，可天外飘着一条红色围巾，陆鸣霎时间想到沈念。

“老师，我，我还看比赛呢，这么精彩。”

Frida 的嘴角闪过一抹清浅的笑容，不得不说，真是迷人极了。她的手轻轻拍在陆鸣肩上。

“本来就是比赛后，这么着急干什么？”

陆鸣一时不知该说什么，只好先安抚自己狂乱的心跳。

Frida把头转向赛场，在陆鸣看不到的眼眸深处，她盯着英迟，一眼都没错过。他的长辫是削去了，可蛟龙般的魂气依然势不可挡。Frida轻抚脖颈，那里还萦绕着窒息的感觉，她为孙荣捏了把汗。英迟是那样一种可怕的存在，这孩子，完全不是他的对手。

站在接炮区的孙荣显然也意识到这一点。英迟就站在他右手边，他的脚不断侵犯着孙荣已经快站不住的这一小片土地。孙荣不时瞟向他的侧脸，怎么回事？他的眼神根本不是来自对手，却像是来自仇人。在英迟骇人的目光中，雕着三层精壮小人的六角柱发炮器“砰”地发出巨响，花炮被火药冲上至少十米高处，然后准确落入接炮区。孙荣拼尽余力弹跳，让他感到意外的是，英迟只是站在原地。孙荣稳稳落在地上，易之天在附近接应。尽管孙荣不是他理想中的守护对象，可王叔的命令他总不能反抗。再说了，这个不知道哪里来的英迟着实霸道讨厌，易之天暗暗思忖，是不是该出手治治这个混小子。

走神的易之天被孙荣传来的铁盘撞得清醒过来，他抱住花炮往炮台冲。除了英迟以外，二班其他队员都不是他的对手，无论是过人还是腾跃，都难不倒这只小白鹰。可刚刚还站在接炮区的英迟突然发力追上来，周围的空气似乎都被英迟带出蛮力。易之天搂紧花炮，可他还没来得及感到紧张，英迟的手就伸到了易之天怀中。看上去，他的手不是要把对手怀里的花炮夺走，而是要把花炮，连同对手的胳膊，连同他腹中的肠肠肚肚一起拉出来！

这浑小子怎么会有这么大的力气？易之天在抢夺中感受到英迟的杀气，那种力量根本不是人类能把控的。

“这边！”易之天听到孙荣的声音就在耳边。他反手一搏，花炮顺利落入孙荣怀中。可易之天刚把花炮传出，便后悔了。英迟嘴角掠过一抹神秘的笑，他野鬼一样，全力扑向孙荣。喧闹的赛场再次安静下来，谁都看出来了，孙荣这下在劫难逃。

撞击混着汗和血，似岩浆崩裂，冲毁孙荣的身体和意识。眼前一片灼烧，孙荣似乎看到陆溪堂生前最后看到的，是什么呢？孙荣诗书满腹，竟失去了描绘的能力。寂静烘托出一片漆黑，孙荣以失败者的姿势，四肢无力，平铺赛场。

“不！”陆鸣的眼泪飞了出来。他不顾一切地跳过栏杆，奔向孙荣。Frida 拉他不住，只好跟了上去。裁判也赶紧冲到孙荣身畔，他推开黑压压的人群，宣布比赛暂停。

“这么弱就别出来比。轻轻撞一下，能有什么大碍？”英迟巨人一般站在一群蹲、跪的人跟前，一班，甚至二班队员都愤怒地看着他，可他们敢怒不敢言。陆鸣从背后猛地推开英迟。他顾不上发泄怒气，他只担心孙荣的安危。

“他昏过去了。”易之天对这个突然闯进来的人说，“应该没有大碍。”

陆鸣也不理会他，只是一把背起孙荣，就要往医务室送。英迟挡住了他的去路。

“哪来的？”英迟倒不是故意挑事，只是刚才被推的那一把，力道真有些不同寻常。

陆鸣不想答他。身边有人向英迟解释："机械班的陆鸣，孙荣是他兄弟。"

"机械班不是残疾人待的地方吗？"英迟爆出笑声，"还有这个孙荣，哎——"他拍拍陆鸣的脸，"你也配做他的兄弟？知道他是谁吗？小不点儿，不知道最好别来凑热闹！"

场上众人面面相觑，易之天觉出些不寻常。

"他是谁，我总比你清楚。"陆鸣怒目直视，"你让开。"

陆鸣左移一步，英迟便也朝那方向踏一步。英迟上下打量陆鸣，这个不速之客，竟觉出几分面熟，可在哪儿见过呢？他实在想不清楚。

"你带走他，谁来跟我比赛？"英迟挑衅，他恐怖的眼神扫过一班所有人，除易之天以外，没有人不往后退上几步。

陆鸣心里早已擂起战鼓。"我！"他几乎是喊了出来。

Frida 这时赶来，她拽住陆鸣，低声说："你疯了？逞什么能？还不快把孙荣送到医务室？"

英迟把Frida推开，可Frida高声叫起来："混账，你做什么？我可是你的老师。"她盯着英迟，压低声音，几乎一字一顿地又说了一遍，"我可是你的老师。"

英迟依然未被劝服，他再次推开 Frida，拦住陆鸣。他一定要知道这个陆鸣，身上的力量到底有多大，以及这力量到底从哪里来。

"你放心。"陆鸣此刻也异常坚决，他冷静地说，"送完孙荣我马上回来。"

英迟还是不肯，Frida 拉住了他。"别把事情搞大。"她示意英迟看看全场那么多双眼睛，“这是谁的地盘，你现在还没搞清楚吗？”

英迟环顾全场，所有人眼中的狂热已经化作惊恐和愤怒。他于是让开一步，让陆鸣背着孙荣奔向医务室。

“我就在这儿等着你。”

陆鸣经过身边时，他说。

“我提醒你，这不是什么好主意。”Frida 说完这话，便跟着陆鸣奔向医务室。易之天留在场上，他的眼睛捕捉了这一切。

一刻钟后，陆鸣就回到了场上。尽管飞行一班对陆鸣毫无信任，可眼下，除了陆鸣，没人愿意同英迟硬抗，所以也就随他了。按照比赛惯例，陆鸣必须脱掉连体裤，穿上专业的黑布束腿裤，赤膊上阵。可陆鸣坚决不肯换衣服。

“我必须干掉这个混蛋。”陆鸣盛气凌人，“哪还有时间换什么束腿裤？”

裁判想想这比赛确实拖了蛮久，便允了他。陆鸣站在了孙荣刚刚站过的位置。英迟站在他的身旁。

说真的，陆鸣此生没这么无惧过，尽管他面对的是让人生畏的英迟。易之天盯着陆鸣看。他知道这家伙就是王叔顶讨厌的陆家公子，可今天的他怎么那么不一样？易之天甚至有一种感觉，如果说英迟能调动空气中的恐怖，那么此刻的陆鸣，即将调动的可能是战无不胜。不知道为什么，易之天突然开始喜欢这个陆鸣了。当下一刻，他对陆鸣充满了信任。

火药在发炮器里爆炸，花炮一飞冲天。陆鸣和英迟几乎同时跳起。飞升的那一刻，陆鸣心无杂念，他只想比英迟跳得更高，好一举拿下那红色的铁盘。当他确定自己竟然跃过英迟的头顶时，腾空的感觉让他产生了幻觉，好像他身后长了巨翅，他，陆鸣，飞起来了。可他很快便意识到自己错了。英迟只是在空中一个屈身，他竟能凭空气获得反弹——这下，他跳得更高了！

真正飞起来的是英迟，他接住了花炮！

现场又是一片惊呼，观众们几乎是仰着脖子在看了。解说员惊讶得不知如何表达，迄今为止，他还从没见过有人能跳得这样高。

高又怎样？

陆鸣看准时机，拦腰抱住英迟，力量之大让他自己都震惊。英迟感到身体被紧紧箍住了，刹那间他想到蛇人，千万年来鹰的终极恐惧让他突然松懈。两人极速下坠，几乎同时滚落在赛场。在英迟猝不及防的时候，陆鸣一把夺过花炮，迅速传给易之天。易之天终于全情投入了这场比赛，他不顾一切朝炮台冲去。二班其他队员从没见识过这样如风的速度。还没来得及伸手去拦，易之天已经冲入炮台区。英迟一个鲤鱼打挺，弹射般赶去阻拦。情急之下他的手变作鹰爪般尖利，眼看易之天的腿就要被这可怕的利爪擒断，陆鸣及时冲上来，挡住英迟。利爪似乎是探进了身体，可陆鸣这时诡秘地笑了。英迟心头一凛——

他的手竟然被陆鸣牢牢抓住了！

他是谁？

英迟再一次问。

哨声这时响起，易之天成功把花炮灌入篮中。

刚把教务长请来的 Frida 目睹了这惊心动魄的一幕，她还看到在英迟把爪子伸到陆鸣身上时，他的军绿色连体裤被扯破了，里面白杀杀一片！

那是长出圣洁白羽的身体。Frida 再一次确认，那个人，就是陆鸣。

陆鸣也发现身体的秘密正在袒露。他及时捏住衣服破开的地方，所幸教务长这时冲入赛场，厉声中止了比赛。

“学校拒绝暴力竞赛！”王平治高声喊着，站定在英迟面前，“你，很有问题！滚到我办公室来。”

英迟站着不动。

“督监。”Frida 拉住王平治，“这个学生是我举荐的，把教训他的任务，交给我吧。”

“你？你一个姑娘家，一个英语老师，你怎么教训他？”

“我当然有我的方法。”Frida 松开王平治，不动声色地走到英迟跟前，高高扬起纤细的左手臂。

“啪！”

她竟给了英迟一个响亮的巴掌。

“你疯了？”英迟还从没受过这种侮辱。结果 Frida 高傲地扬起右手。

“啪！”

又是响亮的一记。

“你——”英迟还要开口，Frida 再度扬起手来。

“再说，再说还有！”

英迟看着她颇为严肃的神色，强压住怒火，不再吭声。

“这就对了。”王平治凑近，“没想到我们的Frida老师还有这么凶的一面。”

Frida笑笑。她善意提醒王平治，孙荣现在还躺在医务室里。

王平治听到这个消息，赶紧奔向医务室。易之天没有跟过去。他站在陆鸣身边，他有话同这个紧紧捏住衣角的人说。可还没开口，一阵可怕的啁啾声席卷而来。易之天警觉地看向天空，光被遮蔽了，天地昏暗。

“食人鹰！”

这句话像咒语一样马上发挥了作用。人群混沌，赛场上所有人脚步纷乱。陆鸣悍然站在赛场中央，Frida怎么拉都拉不动。直到他明确看出食人鹰的目标是医务室的时候，陆鸣的心慌成碎片。他不顾一切地朝仍在昏迷的孙荣奔去，王平治扔掉了拐杖，奔在他前面，而易之天紧紧追随在他的身后。Frida刚迈开步子，英迟一把拉住了她。

“怎么能让这些畜生袭击学校？”Frida的声音里都是狂怒。

“啪！”

英迟还她一记。

“脑子放清楚。再对我大呼小叫我要你的命。”英迟用手臂环住她的腰，然后像夹一本书那样，把她夹在腋下，穿过慌乱的人群。

第十二章

拜师

来到僻静处，Frida 挣开英迟。

“别伤害那些学生！别伤害他们。” Frida 恳求。英迟并不理会她，他大喝一声。

“出来！”

谁？Frida 看向幽暗处，突然一个声音在背后响起，她一惊。

“王。”鲁阿从一棵树的后面缓缓移出。“这事情干得漂亮吧？”他似乎沾沾自喜。“他就一个人。可怜的‘小王子’哟，他一会儿就会死！”

Frida 背后刮过一阵阵阴风，她转向鲁阿，心口发酸。

“你会害死少王。”她说。“知道这里埋伏着多少猎鹰人吗？”

鲁阿斜眼看着 Frida，上前就要给她一个巴掌。“一个胆敢扇王巴掌的人，你还有脸——”但英迟钳住鲁阿的手，把他整个推到一边。

“谁给你的胆？”

英迟双目暴突，他比刚才更凶狠恐怖。鲁阿看着他的模样，一时说不出话来。

“哦，当然。”英迟咧开嘴，笑，大笑。“摄政王给你的胆，当然——”他突然掐住鲁阿的脖子，把他举在空中。鲁阿呻吟着。“王，我，我只是听从吩咐……摄政王说了，一找到白鹰王子，就要替你，马上，马上，啊，杀了他。他，他是怕你为难——王！”

英迟松开手，鲁阿麻袋一样掉在地上。他剧烈地咳嗽着。Frida凑近英迟。

“杀死他，否则，死的必然是你。”

英迟默不作声，紧紧闭上眼睛。他想到远在穹城的妹妹英儿。她贵为公主，那么招人喜欢，可摄政王英希也不过是把她当人质罢了！英迟攥紧拳头，他意识到自己可能永远也无法摆脱英希的控制。一阵绝望袭来，英迟昂首朝天，发出鹰鸣。他的喉结处急速耸动着，节奏短促，却间杂哀声。Frida知道他在召回那些在航校肆虐的畜生，可这些哀恸，是为了什么呢？

“有人在召它们离开！”正在孙荣病床上与食人鹰搏斗的陆鸣竟捕捉到一种奇怪的鸣叫声。不，对他来说不是鸣叫，他声声都听得懂。

“你在说什么？臭小子！”仓水决是第一个赶到医务室的猎鹰人。若不是他，孙荣现在早被食人鹰分而食之了。现在，他一把推开发愣的陆鸣，一刀劈开了食人鹰的脑袋。太危险了，这脑袋刚才正准备啄向陆鸣后脑。

“你又欠我一条命！臭小子！”

可陆鸣仍在仔细听着那声音，它分明在说：

“回你该去的地方……撒路法命令你……以荷鲁斯的名

义……回去……回去……”

“你听啊！”陆鸣猛地拽住仓水决的胡子，仓水决一阵哀号。

“趴纠！”仓水决把胡子抽出来。他正专心搏斗，根本无暇他顾。仓水决搂起陆鸣，一把扔到易之天脚下。“你们这些学生崽子快给我滚！别在这添乱。”

王平治也朝易之天使眼色，在有猎鹰人的地方，他们必须掩护自己。易之天于是一手搀起陆鸣，一臂扛起孙荣朝门外冲。梁平把沈念安排好后也赶到医务室。陆鸣撞在他身上。

“梁老师，有声音，有声音在让食人鹰走，你听到没有？”

梁平想这孩子八成被吓傻了，也没有太在意。他冲到医务室，眼前一片乱象，好在猎鹰人已经基本控制了局势。大部分食人鹰已撤走，剩下的都是残兵败将，还在做最后的抵抗。

“消停点吧你！”仓水决拧断最后一只鹰的脖子，哀鸣消失了，他跳下窗台，朝梁平微微鞠了一躬。

成功转移到教室的陆鸣此刻还在想那个声音。他转头去问易之天，易之天表面上只是摇头，可心里着实惊讶。

那是鹰的语言，易之天怎么可能听不到？可陆鸣，他一个凡人，怎么会听懂鹰的语言呢？难道他也是鹰人？易之天这样想着，身后一阵异动。他警觉地朝后看，是孙荣，他终于醒了。

一直守着孙荣的王平治终于放下心来，他安慰了孙荣几句，便着急忙慌地走出教室，赶去收拾教员和学生们的惊恐。

孙荣一醒，陆鸣便忘记了那个声音，他似乎又变回过去那个陆家公子了。他一手扶住孙荣，可另一只手始终捏住衣服破洞的地方。易之天狐疑地看了他一眼，离开教室。他忧心忡忡地望着王平治站在走廊尽头的背影。

情况很明了。黑鹰同他们一样，已经确定了王子的身份。复国比想象的还要困难。易之天走到赛场，远远看到英迟走进飞行二班的教室。

那个人。易之天心头重重的疑惑聚集。那个人到底是谁？易之天想到自己的小腿被他一把抓住时，那彻骨的恐惧，不禁打了个寒颤。

食人鹰袭击事件过后，航校里风平浪静了好一阵子。陆鸣没敢把食人鹰攻击孙荣的事情说给陆慈，可他的心态完全不同了：过去是孙荣保护他，现在，他想反过来保护孙荣了。深夜来临，陆鸣会在被窝里数身上新长出的羽毛。他不像最初那样畏惧了，因为羽毛带来的力量让陆鸣仿若重生。尽管不知这力量将把自己带往何处，陆鸣还是忐忑地接受了。然而，生活上的不便利毕竟是越来越多了。自从长出羽毛以来，陆鸣便以学业过重为由不在家里过夜了。宿舍里堆满了陆慈叮嘱他一定要擦拭的药水瓶子。可就算是孙荣也看他不住，渐渐的，孙荣也就不过问了。陆鸣本就讨厌那股子味儿，便趁着孙荣不在的时候，把药瓶子全都倒个底儿净。

孙荣自那次比赛以来，人变得越来越瘦削了。他缓不过劲儿似的，人看着总少了一丝精气。那些过去常拥在孙荣身边的姑娘们，现在又转投别处。一部分人跟屁虫似的围着英迟，一部分人缠上易之天，甚至还有一部分人，把陆鸣当作新晋偶像来崇拜。陆鸣可从没享受过这种待遇。不过孙荣倒是获得了他想要的。他从来就不需要那些笑起来花枝乱颤的姑娘，他需要的只是那一角冰山。许是身子总没恢复好的缘故，多了些病怏怏气质的孙荣，反而更得沈念垂怜。陆鸣常常午觉醒来，看到沈念与孙荣并肩站在窗口。他们总是有说有笑的，打破陆鸣午后的慵懒和静谧。每次沈念回到座位上，陆鸣都会多嘴问一句："哎，你们聊什么了？那么开心？"

沈念总也不说。一个字都不说。

陆鸣便觉得自己真是无趣。他翻开书本，翻到一半，掀起那面对着沈念，他好安心地看藏在大书里的小书。陆鸣没告诉任何人，这画满武器和符咒的小书有关猎鹰术，有关他入夜后的新秘密。

也就是孙荣遭受攻击没多久，陆鸣终于还是一个人跑到落鹰山脚，在一株榕树的树洞里，找到了仓水决。他正窝在里面养神，蚂蚁在他的胡须间挣扎，深一脚、浅一脚，步步如临深渊。陆鸣看着实在难受，便在树洞里猫着腰，把蚂蚁一只只送出仓水决的胡须漩涡。结果不小心拽掉一根，仓水决嗷呜一声，痛醒了。

"混蛋。"他一开口就是骂，陆鸣倒也不怕他。他跳出树洞，伏在地上，深深作揖。

"师傅，请受徒儿——"

"等会儿——"仓水决挣扎着扒住树洞两沿，艰难地把自己鼓捣出来，"怎么了你就拜？我说收你了吗？"

"上次在街上，你不是说……"

"上次是上次。"仓水决拎起陆鸣的衣领，让他站起来。

衣领里的羽毛若隐若现，仓水决不是看不出来。他狡黠一笑，“拜师可以，你先把衣服脱光。”

这……陆鸣犹豫了。“这是什么道理啊？师傅？”

“赤条条见个面呗。”仓水决大摇大摆地走到陆鸣跟前，“怎么？做不到？看我，我就能赤条条、坦荡荡给你看——”说话间，仓水决就开始解带子，脱衣服。

“别——用不着师傅——”陆鸣捂着眼睛往后退，可仓水决的衣服也太简易了，眨眼工夫就什么都不剩了，只留下各种各样奇怪的文身，右胳膊上文的是——陆鸣走上前定睛一看，是一条吐着蛇信子的赤练蛇。陆鸣吓得往后退，因这蛇不是死物，它是会动的！

“看把你吓的。”仓水决一把搂过陆鸣，“这是祖师爷，怕什么？”

“蛇是猎鹰人的祖师爷？”陆鸣不懂。

“来把衣裳脱了，脱了，我就告诉你。”仓水决依然坚持。

陆鸣踟蹰。

“我能信任你吗？大胡子？”

“当然。”仓水决赤身露体盘坐在花丛中，蜜蜂被他惊到，飞了起来。这是让人感到舒畅的气氛，花和清风，绿草和远处的山峦，都为陆鸣静默。陆鸣挡开朝他飞来的蜜蜂，看着仓水决，深吸一口气。

“那你答应我，无论你看到什么，都不能……”陆鸣又是一阵犹豫。

“不能怎样？”

陆鸣终于说出口："不能杀我。"

花丛中的仓水决此时不像猎手，只是一个卧花的彪形大汉。他静静地把手搭在膝盖上，一改往日喜怒不定的样子，异常平静地说道：

"怕死可当不了猎鹰人。"

"我不是怕死！"陆鸣把袖口解开，"我是不能这样死！"陆鸣把胸前纽扣解开。明晃晃一道光透了出来。他扒开上衣，褪下裤子，白色的羽毛根根露在风里，忽闪着，翻飞着，有的掉落在娇羞的花上，煞是好看。

仓水决倒抽一口凉气。他惊讶地看到，这孩子身上除了脖子和手脚，几乎已经长满了白色羽毛。他捡起一根，禁不住赞叹："杀了一辈子鹰，我还从没见过这么干净的羽毛。"他看向陆鸣，"当然，我也没见过你这么漂亮的小白鹰。"

"我不是小白鹰！"陆鸣蹲坐在仓水决对面。

"那你是什么？"仓水决细细观察陆鸣的身体，他右臂上的蛇文身盘紧，异常躁动。

陆鸣忌惮那团花纹艳丽的东西，朝后撤了撤。"我不知道我是什么。也许是……鹰怪？你听说过鹰怪吗？就是不小心碰了什么，然后变成鹰人的那种？你听说过吗？"

仓水决点点头。"听是听说过，不过我可从来没亲眼见过。"他忽然哈哈大笑起来，"很有意思是不是？人还能长羽毛？"

"严肃点行吗？"陆鸣有点着急了，"我就是碰过你那根蛇索才变成这样的。"

"那也该变成蛇人才对啊！"仓水决取笑他，"该长出蛇鳞才对，不过相信我，肯定没你这身羽毛装好看……哈哈……”仓水决笑个不停。

“你——”陆鸣真的动怒了。“我找你是来寻求帮助的！我，我是为了救人才来的！可你——”陆鸣噌一下站起来，套上衣服，说话间就要离开。仓水决一把拉他坐下，牢牢按在身边。

“你想保护你兄弟对吧？”

听这语气，仓水决终于严肃起来。陆鸣庄重地点点头。

“你那天也看到了。”陆鸣想起食人鹰攻击孙荣的一幕，咬牙切齿地说：“它们是有目标的。它们要杀死的人就是孙荣。”

“知道为什么吗？”

陆鸣摇头。

“怎么？你知道吗？”

仓水决也摇头。“我们也是最近才发现，原来这世上不只有食人鹰，还有更可怕的东西。”仓水决拔下陆鸣身上的一根羽毛，陆鸣一阵痛。

“什么？”他问。

“鹰——人——”仓水决咂摸着这两个字，看向陆鸣，太阳正在他的眼里西沉。“我告诉你，鹰人跟人长得一样，除了，那双巨翅！还有，他们的力量是人的十倍，哦，可能还不止！”

“不止……”陆鸣沉吟。他想到一个人，同时，也想到自己。

“这还不是最糟糕的。”仓水决叹口气。“他们聪明，不像那些没脑子的食人鹰，三两下就能进圈套。他们会思考，还有语言……”

语言！陆鸣心中一惊，就是那天听到的那种吗？

“最最可怕的是……”仓水决远望如血的红霞，慢慢说道，“鹰人知道我们在想什么，可他们比食人鹰还要残忍。他们是人的模样，可照样吃生肉，喝红血，他们——”仓水决把目光探进陆鸣的眼窝，“他们早晚有一天会杀死你的兄弟，你的姐姐，你心爱的女人，还有，你自己。”

“不。”陆鸣剧烈摇头，“不！我决不允许。”陆鸣眼里有落日在燃烧，他挺起胸膛，“虽然我还弄不清楚自己身上到底发生了什么，可是大胡子，我常常能感觉到身体里攒着力量，山洪那样，岩浆那样，时时刻刻等着发力。大胡子，我以前总想成为英雄，可我太弱小，太自私！现在我没那心思了，英雄是什么狗屁？我不能接受谁死在鹰爪里，我不能接受，孙荣死在食人鹰分食的结局里！大胡子，让我成为猎鹰人，我——”

仓水决按住陆鸣的肩头，皱纹堆叠的眼窝里，又湿又热。“我会收你，臭小子。”他还要说，却哽咽了。

“怎么了？大胡子？”

仓水决反复抿着嘴唇，用手抹了抹眼睛。

“没什么。就是想到我自个儿了。”夜幕降临在仓水决的肩上，夜风让他的身体变得干燥，空气龟裂成尘，土地僵硬而无情。

“我同你讲。”仓水决苦笑，“我本是藏民，我们那里啊，都信山神，山神给我们命，山神，了不起的山神。可我，竟做了山神仇恨的人。那时节，我阿妈生了十个儿子。她生得好恼，就给我，这个最小的儿子起名仓水决。什么意思知道吗？就是停，让水停，让命在我这里停……”

“后来呢？”陆鸣问。

“后来她果然就再没生过了。挺灵的是不是？可很快，食人鹰摧毁了我们的村子，它们啄烂了我所有家人的心脏。可我，没死。”仓水决看着陆鸣，长叹一口气，“山神不让我死。他就是要让我看着，他是怎么把命收走的，他就是那样。”

“哪有什么山神？”陆鸣转而看天。

“当然有。可我想想也真是可笑。在你这么大的时候，我还对山神发过誓。我说我要保护我的兄弟、我的阿妈、我的阿爸，虽然我是老小。可山神就是要作弄我，他用我的名字，让他们去送死。我的命运触怒了山神啊，臭小子！而我却只能杀食人鹰来报仇,可食人鹰又有什么罪呢？都在我……都在我……”

“跟你无关！大胡子！”陆鸣盯着仓水决，他隐隐感到一种被叫作命运的东西，正送来入夜后最让人齿冷的不安。

“不是你的错……”陆鸣喃喃。黑夜让白色的羽毛也乌黑一片，根根像是利箭，插在陆鸣身上。

突然一只手搭在肩头。陆鸣心头慌乱，猛地抬头，看到和颜悦色的梁平，正朝他笑。陆鸣忙从那日的山坡回到课堂，沈念仍坐在旁边，一脸担忧地看着他。梁平把他手里的大书合上，掩住了他偷偷翻阅的那本《猎鹰术》。

“发什么愣呢？叫你半天了。”沈念把手叉在兜里，“别愣着了，要到机械室上课了。”

陆鸣彻底回过神来。他看向梁平，似乎他并没有要没收那本小书的意思。陆鸣站了起来，一脸心虚地走向门口，刚要舒口气，梁平那细腻中总带力道的声音，从背后幽幽传来。

“陆鸣，上完课到我办公室来一趟。”

还是没逃过。

陆鸣看了眼沈念。沈念却不懂他为何如此紧张，这般沮丧。

第十三章

蛇人

面对如此复杂的机械，陆鸣根本无从下手。他蹲在一台发动机跟前，索性扔掉了手上的扳手。“哐啷”一声，与他同组的沈念抬起头。

“我做不来。”陆鸣把眼睛瞟向别处。

沈念把扳手捡起来，放在自己身边。“你不是做不来，你是根本就没心思做。”沈念又是一副说教的样子，陆鸣不想听。教机械实操的孔老师在一把椅子上瘫坐，尽情打着瞌睡。陆鸣干脆站起来，大摇大摆地往机械室门口走。沈念拽住他。

“没下课呢，你去哪儿？”

陆鸣甩开她的手，力气用得大了，两人都有些吃惊。

“无可奉告。”陆鸣冷冰冰地回答。他没想到，自己如今同沈念说话已经拿得住这个腔调。无可奉告？

陆鸣开始讨厌自己了。他快步走出机械室。

再同沈念多待一秒，他随时都会因嫉妒和愧疚抓狂。是啊，说白了，不就是沈念和孙荣这阵子走得近了吗？陆鸣边走边敲打自己。这不正是你期望的吗？

是吗？陆鸣没有一刻不在怀疑。

他漫无目的地在教学区晃来晃去。飞行一班和二班的教室都是空的，他们一定是在上飞行课。陆鸣想到飞行，就不可避免地想到沈念带他飞翔的那个夜晚。原来他和沈念也有过那样的时候。陆鸣摇头，笑自己，然后用脚重重摩擦着脚下的石灰地。不知不觉，他已经踱到梁平老师的办公室门口。不能现在敲门进去，陆鸣想，怎么也得等下课铃响起，省得偷学猎鹰术不说，他还要背上旷课的罪名。陆鸣这样想着，便独自一人在办公室门口兜转。一扇小窗开在门上，陆鸣按捺不住等待的无聊，还是把脑袋送到了玻璃窗上。

这一看可了不得。

陆鸣慌张地把脖子缩回来，按住自己砰砰跳动的心脏。刚才那是什么？那是梁老师吗？陆鸣深吸一口气，然后再一次，把头送到小窗户上。发酸的脖颈让他更加紧张，眼前一切让他不寒而栗。

没错，在屋里赤膊站着的人，正是梁平。

一枚血红的蛇信子如火一样，在他的后颈处跳跃。陆鸣把目光聚集在吐着蛇信的赤练蛇上，然后顺着蛇尾，朝梁平褪去衣裳的地方看去。尽管知道没有必要，他还是尽全力屏住呼吸，否则，他一定会喊出自己强压在喉头的恐惧。因为那个平日里温文儒雅、刚柔兼施的男人，现在满臂、满背，甚至两条双腿都文满了会动的蛇文身——它们无一不盘紧、缠绕，躁动地吐着蛇信。陆鸣不禁倒抽一口凉气，他慢慢朝后撤，怎料梁平早有察觉，他猛地扭身，穿墙而过。陆鸣还没反应过来，就感到周身一阵滑腻，稀里糊涂便被带入办公室中。

一定是在做梦，陆鸣想。可梁平贴着陆鸣发胀的脸，呼吸是那样的真实。他伸出红艳艳的舌头，不，是蛇信子，撩过陆鸣的鼻子。

“怕吗？”梁平问。

陆鸣战战兢兢地坐在椅子上，老老实实地点点头。要是没有逃课就好了！陆鸣现在多怀念在发动机前束手无策的心情！哪怕跟沈念拌拌嘴，也是好的。

“怕我就只能把衣服先穿上。”说话间，梁平已经把双腿伸进宽大的机械服。他猛地提起连体裤，把满身小蛇送入浆洗过的僵硬布料中。

“你不该这么大惊小怪。难道你在仓水决身上，没见过这些蛇吗？”

“我见过。”陆鸣咽了口唾沫，“可他只有一条，不像你……那么，那么多……梁……不，你，你到底是谁？”

梁平系好腰带，把衣领竖起。他看上去还是那个梁平。

“看来胡子没提过我。”梁平抓了把椅子坐在陆鸣旁边，陆鸣本能地站了起来。梁平耸耸肩，笑笑。

“跑什么？你看的那本《猎鹰术》都是我的。”

“我不信。”陆鸣心存疑虑。

梁平站起来，拍拍陆鸣的肩。“不信不要紧，晚上到胡子那儿，让他把什么都告诉你。”

“你真的，认识我师傅？”

“当然。不然你以为他凭什么收你做徒弟？”梁平看着陆鸣，怎么看都还是一个稚嫩少年。

“你需要帮助。”他说，“你的兄弟也是。”

“你怎么知道？”陆鸣掩住他的衣领。

“作为世上最后一个蛇人，没有什么能逃过我的眼睛。”梁平只轻轻摸了一把陆鸣的衣裳，一根白色羽毛便钻出厚实的布料，飘入梁平手中。“有人对你下了诅咒，而我是唯一能给你解咒的人。”

“蛇人？”陆鸣看着梁平，不能理解这两个字代表着什么样的意义。他喃喃问道：“你不是荒鹫吗？不是王牌飞行员吗？怎么，怎么突然变成蛇人？”

“我是，也不是。”梁平的脸上一下晃过无数的脸，全都带着诡异的笑容，陆鸣连退几步，贴到墙边。

“看见了吗？我可以是任何人。”梁平重又变作荒鹫，他一把扯过陆鸣的胳膊，陆鸣顿时感到有凉意灌入全身，一条红黑相间的赤练蛇从梁平的袖管里爬了出来，它逶迤而行，顺着梁平的手爬到陆鸣的腕子上。陆鸣周身都在排斥那条蛇的滑腻沾上皮肤。排山倒海的恶心让陆鸣感到痛苦，他绝望地喊了一声，试图挣脱。可梁平捂住他的嘴，声音在耳边呼啸：

“你不是想成为真正的猎鹰人吗？”梁平的声音似蛇的利齿，呲着毒液，“你不是想保护孙荣吗？这就是你必须付出的代价！”他按住陆鸣挣扎的胳膊，赤练蛇一个跃起，吻鳞在光里烁如冷刃，它咬开陆鸣腕部的皮肤，蛇头毫不犹豫地钻进陆鸣羽毛丛生的胳膊。汗水杂着泪水，顺着脸颊流下。陆鸣的五指艰难地张着，僵硬如死尸。他眼睁睁看着蛇的尾部，如何在他的腕子处消失。

一条花纹艳丽的蛇文身，出现在他的手臂上。

结束了吗？陆鸣盯着那被入侵的皮肤。一阵剧痛又漩涡一样把他卷入深渊。手臂猛地一震，胳膊上所有的羽毛仿佛经历了可怕的自我了断，它们纷纷，纷纷，离开陆鸣的身体，悉数落在地上。

胳膊似又重回过去的样子，只是多了一条让陆鸣异常不安的，会盘旋，会游动的，赤练蛇。直觉告诉陆鸣，它不会同飞羽一样，让他感到力量和安全。

“你现在是我的人，你必须，为我复仇。”

梁平说完这话，终于松开陆鸣。陆鸣看着他，瘫坐在地上，浑身痛到无法作声。“以后，你每杀死一只鹰，我都可以帮你消除一些鹰化痕迹。很快，你就会变回常人，回到你姐姐身边，而不是躲在宿舍里。”

陆鸣看着满地的白色羽毛，又看了看臂上的蛇。他比从前更不确定，自己是否真能回到姐姐身边，回到过去那平常的日子。

“我，我可以，走了吗？”陆鸣挣扎着站起。梁平过来搀他，被他甩开。陆鸣的眼睛铜铃一样突了出来，他几乎拼尽全力，喊道：

“我，陆鸣，不是为了给你复仇，才要当猎鹰人！”陆鸣喘着粗气，又突然低声呻吟，“我不知，不知道，你有没有过亲人？有没有过想要保护的人？当然，可能，可能你有，但他们早死了。你复你的仇，我管不着。但我告诉你，我是因为要保护，保护人，保护命，才当这个猎鹰人。”他死死盯着梁平，“我不知道自己怎么会突然变成怪物，我不知道，自己怎么会被你盯上。我更不知道，你为什么非要把这个该死的玩意儿，让它——”陆鸣用力摇晃着手臂，“钻到我的身体里。我不知道！但我清楚，我，必须为了孙荣忍受这些，因为有人要让他死，我必须，必须忍受这些，我要阻止，阻止你们，什么蛇，什么鹰，把我们玩弄在股掌之间。我要，我要保护他，我不允许，决不允许你们毁掉我们的生活。我是为了我们，才要变得强大。你听清楚，我不是为了你，你或者你们，那些放不掉的仇恨……”

陆鸣说完这些，剧烈地抽搐起来。身体内部似乎有两股力量在撕扯，他一度意识模糊，双脚动弹不得。梁平扶他走到门口，那样子倒是充满善意。

他连谁是“我们”，谁是“你们”都搞不清楚。梁平想到这里，鼻翼微微翕动。

“我想该给你透个底。”梁平说。

“什么？”陆鸣扶住墙，渐渐清醒。

“让你兄弟孙荣远离那个英迟。”梁平松开陆鸣，推了推眼镜。这样陆鸣就看不到他那莫测的眼睛了。

“你不说我也知道。”陆鸣白他一眼。自上次比赛以来，英迟的可怕全航校尽人皆知，孙荣怎么还会没事和他做朋友吗？

梁平诡秘地笑了。“你什么都不知道。”他说，“不过，我只告诉你一点。英迟，是王。”

“王？什么王？”新的疑惑冲击着陆鸣。

“黑鹰王。”梁平冷冷地说。

陆鸣还想再问，门外响起急切的敲门声。

“梁老师！陆鸣在吗？”

是沈念。陆鸣拉开门。

“你在就好了。”沈念跑得脸都红了。“孙荣，孙荣他——”

“他怎么了？你慢点说。”梁平又变回平常的样子。陆鸣急切地等沈念开口。

“他和英迟一组，飞行训练……英迟是主机，他是僚机！”

陆鸣看向梁平，想到他刚说的那三个字：黑鹰王。

“现在呢？”他问道。

沈念喘了口气，看看陆鸣，又看看梁平，不安地说道：

“现在两架飞机都不见了……”

陆鸣一阵晕眩。他想推开沈念，奔出去，可身体就是不听使唤。只见他脚下一软，倒在沈念怀里。更为不幸的是，他们都没猜错。

孙荣，的确身陷险境。

作为英迟的僚机，这次训练本该是孙荣驾机保护英迟的主机，可他没想到，飞机连遇三次气流。刚刚习得飞行术的孙荣有些招架不住。孙荣透过风镜看英迟，他却飞得异常平稳。飞机颠簸难平，孙荣拉动操纵杆的时候意识到，如果不尽快降落，他可能命丧于此。孙荣扯下飞行围巾，向英迟呼救，他却同没看到一样，目视前方，心无旁骛。

心无旁骛？假象罢了。孙荣还没有意识到，主机已经反过来追着僚机飞行。由于气流影响，他的飞机已经拖着主机严重偏离航道。飞翔是英迟的生存本能，即使不需要燃油和发动机，他照样能以飞机为翅，自在翱翔。可孙荣不行。眼看飞机就要失控，英迟仍见死不救。

孙荣不知，英迟正在等待——

出来吧。英迟口中默念，出来吧。他期待看到那双巨大的白色翅膀。他期待能甩开这浑身油污的机器，飞到天上，与他高贵的弟弟决一死战。可孙荣听不到这些，他不断寻找着可以迫降的空地。然而，更糟糕的情况出现了，等待他的不是冒险迫降，而是燃油耗尽。

这下孙荣真的绝望了。

飞机在一阵错摆后，失了动力，它开始下坠。

翅膀……英迟默念……翅膀……英迟期待着……

飞机在孙荣的尖叫中迅速撞向山崖，他根本没有展翅的意思，而且，他似乎根本不具备这样的能力。英迟的飞机悬停在空中。他注视着孙荣，捕捉着他脸上最细微的颤动。

这张脸上写着将死之人巨大的困惑，以及崩溃中的恐惧。

这种表情，英迟再熟悉不过。

孙荣最后看了英迟一眼，紧紧闭上眼睛。

不需要再等了。英迟腾地飞出机舱，灰色的翅膀钻出训练服，迅速展平，穿过云层。他像一滴灰雨那样，坠向山峦。孙荣的飞机在剧烈的撞击中爆炸，化作团团火球，滚落山崖。紧接着，第二声爆炸在不远处发出巨响，被撞毁的，正是英迟甩开的那架。

山间霎时火海沉烟，爆炸声隆隆翻滚。

就在这时，英迟抱紧孙荣浴火而出。他牢牢护住孙荣，成了一只翅膀燃火的灰色纸鹤……

把孙荣安全送回航校后，英迟回到他的住所。本是杀死孙荣的绝佳机会，英迟不知自己为什么要错过。难道是心软了？

不！他是弑父的儿子。他绝对不会心软。

英迟推开门，迎面飞来的笑声，制造了例外。这个嗜血男人的心，瞬间融化了。

“英儿！”

英迟心头一阵狂喜。他抱起扑上来的妹妹，甚至还转起了圈。

“哥！我等你好久了！”英儿捧起英迟的面颊，踏踏实实地亲了一口。“不对，你的头发呢？哥，魂气呢？”英儿刚刚还无比喜悦的脸上，如今却挂满担心。

英迟把妹妹放下，被她这么一亲，倒有点不好意思了。“别担心我，英儿。”英迟只浅浅回应。

“能不担心吗？”鲁阿忍不住插嘴。他向英儿公主恭敬作揖，英儿凑到他跟前，轻灵地，也亲了他一口。

“鲁爸爸。”英儿亲切地叫他。

“哎哟哟，我的小公主，可不敢再这么叫了。”鲁阿捂着被亲的那半张脸，高兴得不知该做什么了。

“还不快去准备晚饭？”英迟提醒他。“对对。”鲁阿奔到厨房。英迟拉妹妹坐到他身边，英儿发现他身上竟然有烧伤的痕迹。

“哥，你怎么受伤了？还有你的头发……对我们穹城男子来说，通神的头发不是最重要的吗？”英儿摸摸英迟的伤口，又摸摸英迟头顶那扎眼的秃处。英迟感到一阵刺痛，发出呻吟。

英儿忙吩咐侍从拿医药盒子来，英迟却说："不要。你哥我什么时候用过那些娇气玩意儿？英儿，你不要担心我。哥哥永远不需要你这么好的姑娘来担心。来，跟我说说，你怎么过来的？摄政王呢？他知道吗？"

英儿从侍从手里接过医药盒子。

"想知道吗？那你得先听我的话，涂药。"

英迟笑了。妹妹的话大过天，他也只能点点头应允。英儿挽起袖子，开始细心地处理英迟的伤口。她穿着人类的衣裳，蓝布褂子，藏色长裙，梳两条长长的辫子，一直垂到腰上。英迟静静地看着英儿，看着她的窈窕，惊觉时间竟然已经把妹妹养得这样出挑，只她的圆脸盘，还保留着过去的稚气。英迟想像从前那样抓一下她的辫子，逗她玩儿。英儿却把眼睛一瞪，少许嗔怒。

"别动！"

英迟吃了一吓，看着她葡萄一样慢慢熟起来的眼睛，老老实实地动也不敢动了。

"**欸**。"英迟又问，"你到底怎么过来的？"

英儿四下看看，现在除了他们兄妹外，屋里并无别人。她靠近英迟，压低声音。"我是偷偷跑出来的。"英儿得意地说。

"公主怎么可能偷跑出来呢？"这日，鲁阿推翻了这一可能。Frida 坐在英迟书房一角，她观察着英迟的表情，两人都没有表情。

"摄政王这是在跟您表诚意。"鲁阿毫不忌惮，"王，摄政王是什么狠角色别人不清楚，您跟我难道还不清楚吗？谁能从他眼皮子底下逃出去？咱们就别说公主了，就算您自个儿，我看也逃不出。”

Frida 盯着不说话的英迟，暗暗吃惊。这老家伙如此胡言，英迟竟不生气？

鲁阿看英迟并不说话，便继续说道：“我觉得咱们是不是也该表下诚意？”

“什么诚意？”Frida 问道。

“就是陆溪堂的那个养子啊！我们花了多大工夫才确定，白鹰王当年托孤的人类就是陆溪堂？我们又花了多少工夫，才找到那个孙荣！王，说真的，老奴我真是不理解，怎么到现在还不赶紧弄死他？您到底在等什么呢？”

Frida 不理会鲁阿的嚣张，她只是提醒道：“在没有把所有白鹰找出来以前，下手非常危险。这诚意，我看不表也罢。”

“你懂个屁！”鲁阿不屑。他不尽兴，还辅以一声“呸”。

“我至少不会让少王白白送死。”Frida 站起身来，走到英迟对面，“王，有关白鹰隐翼者，我已经有线索了。”

英迟抬头看 Frida，期待着她说出线索。可在英迟正后面的窗口，Frida 看到了藏在窗户下面的陆鸣。英迟捕捉到她眼里的迟疑，猛地转身。

窗口什么都没有，只有榕树垂钓的手臂。

“说。”英迟喝道。

Frida 在心里松了口气。她说出一个名字，仍躲在窗外的陆鸣听后，大吃一惊。陆鸣还想听得更真切，屋里却一阵又急又快的脚步声。脚步声过后，屋里安静下来。他听到英迟一贯粗硬的声音响起。

“你来干什么？”

“来谢谢你。”

这声音陆鸣再熟悉不过了，来人正是孙荣。

第十四章

妹妹

一个时辰之前，沈念在陆宅门口，截住孙荣。孙荣本该高兴，可沈念说出的头一句话，就让他不怎么舒服。

“陆鸣让我看着你。”

孙荣听到沈念这么说，只好礼貌地笑笑。不管沈念怎么阻止，孙荣今天一定要趁航校休假，把那件棘手事情办了。他怎么说也是陆溪堂教育出来的孩子，受了别人那么大的恩惠，他总不能就这么悄无声息地，当什么都没发生。

英迟尽管惹人讨厌，可他于孙荣而言，如今可是救命恩人。

于是，孙荣按住沈念单薄的肩头，把她推给院子里的陆慈。

“我就去一会儿。”他同院子里的两个女人讲，“吃口茶的功夫。”他又特意知会沈念。陆慈便拉了沈念坐下。教养让沈念放弃了坚持。她看着孙荣离开的背影，担忧葱葱茏茏升起。陆鸣没有同她讲太多，所以究竟为什么要看住孙荣，她自己也不太清楚。

全当帮陆鸣忙吧。沈念只能这样想。

“陆鸣都在忙什么？也不说回家看看。”陆慈疑惑，“你们机械班这阵子真的这么忙吗？”

沈念点点头，意识到她帮陆鸣掩盖了什么。

“我这个弟弟最近奇奇怪怪的。”陆慈最后笑笑。两个女人相对而坐，她们有的，是完全不同的担忧。

此时的陆鸣正在山上做野外训练。仓水决教陆鸣如何利用地形优势，擒拿食人鹰。陆鸣在这方面很有天分，他在树林里跳跃穿梭，异常敏捷。身上的羽毛已经渐渐消退，仓水决知道，那是蛇露在慢慢发挥作用。那金贵的蛇露，每一滴都是梁平从百种蛇的胆汁里提炼出来的。仓水决尽管喜欢陆鸣这孩子，可他还是搞不懂，蛇人梁平对陆鸣如此上心的原因。许是这孩子颇有悟性吧。仓水决满意地看着徒弟。他赤着上身，皮肤终于晒得有了熟色，腰间系一条红布带，像蛇信子一样荡在黑布裤之间，潇洒中又添得几分威严。不过数月工夫，陆鸣从内到外，都已经是精干的猎鹰人了。

仓水决吹了一声悠长的口哨，陆鸣知道这是师傅在召他回去。可伏在树上的陆鸣看到了 Frida 老师穿着风衣，疾步走进树林的身影。她这是要上哪儿去？陆鸣从一棵树轻盈地跳到另一棵。只见她走向一座宅子，直接推门而入。

陆鸣跟过去，他竟不知这密林深处还有这样一幢房屋。从外观上看，这宅子有些破败荒凉，不像有人居住。陆鸣不顾仓水决一再催促，蹑手蹑脚地跟了进去。

与此同时，孙荣却在榕树林里迷了路。他只听闻英迟住在榕树林中，却没打听出他的具体位置。孙荣从没到过密林深处，他不知深浅，没意识到脚下正愈来愈湿，正不知不觉踩入湿地中央的一汪水中。孙荣几乎跌进去，四下无人，只气根连绵。

孙荣甚至看不出这是一棵千年古榕，还是一片树林。密密匝匝的枝叶透着光，可不指明方向，只制造神秘。绿油油的东西，是叶子，坠落，砸在孙荣肩头，悄无声息到让他恐惧。刚经历过死里逃生的孙荣，如今轻易便能把静谧划入阴森。他失控似地大喊一声，一片惊鸿。

“哎——有人吗——”孙荣又喊，这时，似乎听到潺潺水声。他张开耳朵细细地听，那声音在背后，由远及近。孙荣转身，他看到一个少女，脑后挂两条辫子，划一只单桨，泛游在绿水之中。

“你是人类吗？”孙荣听到那女孩子讲。她的声音，细柔又高亢。孙荣听得耳朵一阵酥软。“多奇怪的问题。”孙荣想。

“我是。”他反问，“你呢？”

女孩子摇头。“你是我在这儿见过的第一个人。你好啊，我叫英儿。”

“英儿……”孙荣吟出这个名字。奇怪的女孩儿。她明明就是人类嘛。

“你迷路了吗？人类？”英儿停下手中的桨，小船顺着心意漂流到孙荣身边。“上来吧，迷路的人。”

“我有名字的。”孙荣翻身上船。英儿还要摇桨，孙荣却一把抢过那桨。“这船得由男人来划。”

英儿由他。“你叫什么？”她细细地观察。

“孙荣。”

“你要去哪儿？”英儿又问。

孙荣这才想起他此行的目的。“我正要问路，英儿，你知道这一带有一户姓英的人家吗？”

英儿捂着嘴笑了。

孙荣这才意识到，这船上坐的就是一个姓英的姑娘。

孙荣也不好意思地笑了。

“是不是要去找我哥？”英儿把身子靠在船上，她几乎平躺在不大的船身里，孙荣可从没见过这么豪放的姑娘。他不敢看她，只好把眼睛往绿得化不开的树冠上看。“难道英迟，他，是你哥？”

英儿坐起来，凑到孙荣跟前，船尾倾斜，英儿几乎靠在孙荣身上。

“他是我哥，他是个好人。”英儿看着孙荣。人类的眉眼原来是这般模样，他的鼻子塌塌的，倒是生得温柔可爱。英儿看呆了。孙荣被英儿一动不动的注视搞得实在难为情。手里的桨停止了摇动，孙荣手下一松，桨竟顺着流水漂走了。

“哎——”孙荣望桨兴叹，可英儿几乎就伏在他身上，孙荣愈发紧张，一点都动弹不得。“你哥，他，他是好人，他救过我的命。”

“是吗？”英儿听孙荣这么一说，眼里泛光。孙荣不知道英儿有多感激他，哥哥是个好人，英儿终于听到除她以外的别人，真心实意地说出了这句话。她激动得朝孙荣脸上一吻，轻轻的，蜻蜓点水般的，却让孙荣整个人都翻江倒海了。

“姑……姑娘！”孙荣捂住自己的脸，还是不能相信这是真的。怎么会有女孩子狂浪到这种地步？孙荣又羞又急，像个黄花闺女那样，似受了极大的屈辱。他趴在船舷，看着明镜般的水面上，映照出自己遭受“玷污”的、难看的脸。孙荣想到还等他回去喝茶的沈念，真恨不得坠入这镜中，死了算了！

“怎么办？”孙荣喃喃。

“什么怎么办？”英儿也靠到船舷，眼看就要翻船，孙荣赶紧移到船头位置。他必须同这姑娘保持距离。

“哦——”英儿在孙荣背后看到了那愈漂愈远的桨。“原来你是担心那个……”她站起身来，“放心吧，我总能把你送到哥哥那儿的。”

英儿说着就唱起歌来。孙荣刚刚还羞愤交加的五官，在这歌里平静下来。他听不懂歌词是什么语言，可英儿的声音使孙荣感知到的万物，都微微颤动起来。水波纹一圈圈加快了节奏，耳畔除了歌声竟又多了群鸟啼鸣。孙荣忍不住闭上眼睛，欣赏着美妙乐音，等他睁开眼睛的时候，整只小船竟被无数鸟儿包围了。孙荣几乎看不到鸟翅膀以外的任何东西，英儿只是抬手指了指方向，船就朝那方向自动飘去。孙荣惊讶地感受着位移，定睛一看，才发现正是无数鸟儿衔住船舷，把小舟轻轻衔离水面。英儿唱得轻快，那船就移得轻快，那歌声若是变作悠扬，那船就如一片叶子，自顾自飘荡。

等小船终于靠岸的时候，孙荣已经记不起他缘何来到这里，缘何遇上这会歌唱的姑娘，以及缘何要登上那岸去。直到英儿以咯咯的笑声取代歌声，孙荣才回过神来。

“快去吧。”她说，“去找我哥哥。”

孙荣木讷登岸，英儿又自漂还水中。他们都没有发现，易之天躲在一根粗大的气根后面，静静观察着一切。他紧走两步，刚想追上孙荣，后脑却突遭重击。易之天眼前一黑，“扑通”一声，倒在水里……

沈念那天没有等到孙荣归来。临近午饭时候，她便告辞离去。说实话，与其等孙荣回来，她更想回航校找陆鸣。在梁平的指导下，沈念成功改进了埃特里切鸽。他们把危险的燃油箱移到机身后部，还新增了夜航灯、机内照明，甚至无线电通话系统。鸽式机改造完成后，沈念想到的第一件事就是邀陆鸣一起试飞。可前日她找到陆鸣的时候，他正拎着一个皮袋子，神色慌张地往外走。

“我对飞机早不感兴趣了。”陆鸣这样对沈念说。沈念听得有一些伤心，她追问，陆鸣却什么都不肯说。他只是请沈念帮他好好看着孙荣，然后风一样，跑开了。陆鸣还不知道，沈念早就发现了他的异常，她还从他的座位上拾起过羽毛。对此，沈念倒不害怕，她只是担心陆鸣的处境。那本陆鸣常常掩着看的《猎鹰术》，沈念早就偷偷翻过。书上的字迹沈念一眼就认了出来，那些娟秀的字跟梁平每天写在黑板上的，一模一样。难道梁平也是猎鹰人吗？沈念搞不清楚，但她知道，陆鸣想成为猎鹰人的企图正把他带入漩涡，或者巨大的阴谋。

假期结束后的第一堂课，是全年级一起上的英语课。课前，沈念终于找到陆鸣。她把书包放在陆鸣旁边，陆鸣见状，起身离开。

“你别走。”沈念抓住他的衣袖，“我有话跟你说。”

陆鸣勉强坐下，他看到 Frida 走进教室，顿时心烦意乱。他死死盯着这个过去让他颇为爱慕的老师，不由想到那日一幕。

陆鸣怎么也想不到，Frida 竟然跟英迟是一伙儿的。如果梁平说的没错，如果英迟真的是黑鹰王，那么 Frida，她究竟是什么角色？陆鸣不敢再想下去。

“你听到我说的话了吗？”沈念把陆鸣的脑袋扳过来。“陆鸣！”

“什么？”陆鸣一脸迷惑。显然，沈念刚才说的话，他一句也没听进去。沈念叹了口气，她从书包里掏出一个墨绿色的抽绳布袋，扔到陆鸣怀里。

“你自己看。”

“什么东西？”陆鸣打开布袋，里面白晃晃的，那是一把羽毛。

“干什么？”陆鸣问。

沈念压低声音。“还问我？这都是你身上掉出来的。”

陆鸣皱起眉头，说沈念又要胡诌。沈念冷静地看着陆鸣，抓住他的手腕。“我亲眼看到这些羽毛从你袖口里掉出来的。”陆鸣要抽出腕子，沈念却死死抓住不放。“你告诉我发生了什么，陆鸣，告诉我，我不怕。”

“别多管闲事。”陆鸣猛地把手抽出来，“你要干吗？”

“我是担心你。”沈念低垂眼幕，“这阵子你变了很多。我觉得，你都不知道自己在做什么。”

陆鸣看着沈念，她的难过让他心疼，他不知如何安慰她，只好撩开袖管，把愈来愈壮实的胳膊露给她看。

沈念吃惊地看到他的胳膊上，没有羽毛，一根都没有。陆鸣意识到 Frida 看向他的时候，忙把袖子捋下来。

“瞎担心了吧。”陆鸣注视沈念的眼睛，他的眼底是好久没见过的，难得的温柔。

“可能是我想多了。”沈念安下心来。就在这时，孙荣带着英儿走进教室。她的两条大辫子不见了，取而代之的是一头清爽的短发。她穿着皮靴，打着绑腿，一副男孩打扮。

“你还是看着点他吧。”陆鸣提醒沈念。孙荣走到他们跟前，介绍道：“这是英儿，咱们的新同学，英迟的妹妹。”

“英迟的妹妹？”陆鸣没好气地说，“怎么？你的救命恩人把他妹妹都托付给你了？”

“你说什么呢？”孙荣不悦。英儿却很高兴，她挽住孙荣的胳膊，朝孙荣发问：“他们是谁？”

孙荣被这突如其来的亲密吓到了，他可不想让沈念误会，便推开英儿的手，坐到沈念身边。沈念朝英儿笑笑，做了自我介绍。

英儿回以微笑，然后她凑到陆鸣跟前，问道：“你呢？”

陆鸣下意识朝后撤。这是一个比沈念还不懂安全距离的姑娘。他刚要开口，没想到英儿没来由地说了这么一句：

“你身上有怪味道。”她的鼻子在陆鸣脖子处嗅了又嗅。孙荣放下心来，看来这姑娘不是只对他才那样，她对谁都这么没羞没臊。沈念想提醒英儿，马上就要上课了。可她只是凑得更近了。

“是我闻过的味道……很模糊……可我闻过……”英儿闭上眼睛。陆鸣本想推开她，可一种特别的吸引力让他动弹不得。他瞥见胳膊上的赤练蛇正在袖管里游动，它似乎异常慌张，想从他的身体里逃离。陆鸣试图控制那活物，英儿却在这时突然睁开眼睛，两枚黄色的万年琥珀，带着她后退、后退。不知怎么了，陆鸣竟觉得她的眼睛正是自己的。几乎是同时，陆鸣看到英儿的身后张起翅膀，而英儿也看到，陆鸣身后有云彩一样的东西膨胀，展开，那竟是世上最美的白翅。

尽管，它们都是隐形的。

“哥哥。”陆鸣清清楚楚听到英儿这样说。哥哥。他清清楚楚看到那女孩眼里有泪光。

“英儿。”一个石块般的声音砸碎了梦境，陆鸣回过神来。英迟搂住英儿，正把她带走。

“别跟那些人待在一起。”英迟冷冷地说。陆鸣看着英儿就这样含泪离开，而他完全不知道刚才一切到底是因为什么。

“你看到了吗？”陆鸣问沈念。

“什么？”沈念只是自顾自拿出英语课本，翻开。

“你没看到什么特别的东西吗？”陆鸣问。他又看看孙荣，孙荣摇摇头。

“我什么都没看到。”沈念白了陆鸣一眼，“我只看到，你看人家姑娘的眼睛都直了。”

“不是那样的。”陆鸣想解释，可上课铃声这时响起。沈念喊了声“起立”，很是凌厉。孙荣听出，她比从前多用了些气力。Frida 开始上课，却看到王平治在门外张望。

奇了怪了。王平治自语。这教室里怎么也没有易之天的身影？王平治紧张起来。

易之天失踪的消息在航校很快传开。又是食人鹰做的好事。航校人人自危，陆鸣比平日里更为警觉。他守着孙荣，几乎形影不离。这晚是下弦月，陆慈特意嘱咐兄弟俩晚上回家一趟，好给孙荣庆祝生日。孙荣不爱过这生日，因为它根本就是陆溪堂把他捡来的日子，根本算不上是生日。可陆慈一再要求，还说她已经邀请了沈念。孙荣这才勉强答应下来。陆鸣嘴上答应着姐姐，心里却在打鼓。就在刚才，他的胳膊一阵刺痛，偷偷捋开袖子一看，臂上那条赤练蛇竟吐出一行小字：

“晚，落鹰山，务必。”

这是梁平下达的命令。陆鸣盘算着该如何在陆慈眼皮子底下，溜到山上去。

第十五章

葬

这晚，孙荣的生日宴无非就是多加了几个菜。“连个蛋糕都没有。”陆鸣朝姐姐抱怨。“这边地不比省城，我上哪里买蛋糕去？”陆慈看向孙荣，“菜还合口吗？”孙荣突然被这般重视起来，他有些受宠若惊。“好得很。”孙荣说，“我本来就不喜欢吃蛋糕。”

沈念作为这晚唯一的客人，带了礼物来。大家忙着拆礼物的时候，陆鸣盘算着时辰。不早了，陆鸣想，该找个什么理由出门去呢？陆鸣灵机一动，看向沈念。她正把一支钢笔送到孙荣手上。

“沈大小姐，这天也不早了，要不我送你回航校吧？”陆鸣冷不丁冒出这么一句。陆慈重重拍了他的手一下。“没礼貌，这才坐多一会儿啊？”她转向沈念，“不着急啊，沈小姐。一会儿天晚了，让孙荣送你回去。”

“不用麻烦了。”沈念经陆鸣这么一提议，也就站起来，“天都黑了。我确实是该回去了。”

“就是。”陆鸣把手插进裤兜，“外头这么乱，早点回去好。”说着，他就拽着沈念出了门。孙荣有些懵。“等等，我也去。”

他跟上来。陆鸣却在院门口拦住他。

“都去了谁来保护咱们老姐？”他把孙荣和陆慈都推到屋里，“听我话，都待屋里，千万别出来，外头可不太平。”

陆鸣说着就拉沈念离开，沈念的手腕被他拽得生疼。

“你也小心！”陆慈在他身后喊，她充满疑惑地看了看孙荣，“你们俩，不会都喜欢沈小姐吧？”

孙荣落寞地摇头。“我会跟少爷争吗？”孙荣说罢就回到屋里，一桌子的菜都没怎么动，它们都在嘲笑他。

沈念被陆鸣拽着，一路小跑，快到航校大门的时候，沈念终于挣开他。

“你什么意思？”沈念气喘吁吁地问道。陆鸣只想着梁平的命令，根本不知道沈念问这话是什么意思。

“快，我送你回宿舍。”他又过来拉她。沈念把他甩开。

“你把我拉出来，原来，原来不是对我有话说吗？”沈念一脸期待。

陆鸣叉起腰。“我说，你别添乱行吗？”他又来拉沈念，沈念这次没有把手甩开，却也没有移开脚步。

“走啊。”陆鸣说。

沈念依然不动，她的上眼皮帷幕一般升起，眸子闪烁，那架势如同电影开场。沈念靠近陆鸣，眼睛一动不动地盯着他。陆鸣被看得浑身不自在，一下松开沈念的手，沈念却主动把他的手抓起来。

“别走。”她说。然后她闭上眼睛，把两瓣弦月样的凉唇送到陆鸣的唇上。云遮月，树影婆娑，风弄良田……像一颗鲜嫩的果子放在唇边一样，陆鸣沉醉于夏雨，或者春风。他闭上眼睛，四季似乎都流转来了，眼前竟一片细雪。雪地里一团红色，陆鸣凑近，看到一条红色的赤练蛇。陆鸣一惊，那正是孙荣。

陆鸣猛得推开沈念，他睁开眼睛。

沈念的眼角挂着泪，陆鸣想去吻掉那些让人伤心的水珠子。可他知道他不能。

“这是不对的。”他对自己说。

陆鸣只是看了沈念一眼，便转身离开，留下沈念一人不知所措。他大步奔向梁平的办公室，推开门，移开书柜，钻入蛇道。

可这算什么呢？沈念心思烦乱。她疾步跟在陆鸣后面，刚把头钻入蛇岛，背后便传来让她毛骨一悚的声音，她转身，看到了 Frida 老师。

“我要是你，就不会一个人钻进去。”Frida 像是黑暗中凭空出现的一样，她慢慢踱到沈念身边，“担心陆鸣了，对吧？”

沈念不吭声。她实在不知，眼前这个女人跟她怀疑的一切有什么关系。她跟梁平是一伙儿的吗？她攥紧拳头，警觉起来。“你到底是谁？”沈念问道，“我知道你不是普通人，告诉我，你要对陆鸣做什么？”

“沈姑娘，我是普通人。”Frida 笑笑，“可你不是。我知道你喜欢陆鸣。不过你还没搞清楚他是谁，怎么，反倒要关心起我是谁来了吗？”

“他是谁不重要，是谁我都要保护他。你们，谁都别想伤害他。”沈念说得异常坚定，伴着发颤的身子，倒有些让人怜爱。

“有你这句话就够了。”Frida 意味深长地看着沈念，“你确实不是普通人。”说完这句话，她便钻入蛇道。

“什么意思？”沈念扭头看她，“你要做什么？”

“不是我。”Frida 把沈念拽到身边，“是我们。你不是要保护陆鸣吗？刚好，我们有着共同的使命。”

“共同的……”

“别误会。”Frida 信步朝前走着，“我像守护王那样守护着他。你不需要，你只把他当成陆鸣就好。”

沈念咂摸着这话，壮起胆子，钻入蛇道。

此时的陆鸣，已经跑到蛇道尽头。可他万万没想到的是，等待他的，竟是翅膀被钉在墙上的易之天。

陆鸣认出了那颗垂着的头颅。他走上前去，易之天还是人的模样，只是眼睛变作黄色，鼻尖高耸，四肢被锁链铐着，身后翅膀，血迹斑斑。他醒过来，对着陆鸣，竟是一笑。

“白鹰王。”他气息微弱，“我们的……全部的希望……王……”

“他在说什么？”陆鸣扭头问守在洞内的猎鹰人，他们都斜眼看他。“这是我的同学，你们，把他放下来！”陆鸣朝他们喊。无人理会他，梁平和仓水决就在这时走了进来。

“他是可怕的敌人，陆鸣。”梁平脱掉了人类的衣服，他穿着一身鳞光闪耀的袍子，走向易之天，捏住他干裂爆皮的嘴，“他是鹰。陆鸣，你得杀了他。”

陆鸣摇摇头，他看向仓水决。“他不是。师傅，他是我的同学，你看，他是人。”

“人怎么会有翅膀？”仓水决叹口气，“他就是我跟你说的，鹰人，而且还是最聪明的白羽鹰人。”

“他不是！”陆鸣看向梁平，“他可能也被下咒了，救救他，老师，他跟我一样，是被下咒了！”

一阵撕心裂肺的笑声突然灌满山洞，陆鸣发现，这笑声竟然来自易之天。

“咒？我的王，他们就是这么骗你的吗？哈哈——”这笑声让陆鸣不安。“陆鸣！撒路法家族最高贵的血脉，荷鲁斯之神留在这世上唯一的鹰王，他们，就是这么骗你的吗？”易之天猛抽一口气，剧烈咳嗽起来。

“你在说什么？”陆鸣完全听不懂。

仓水决一拳打在易之天的脸上。他仍然笑着。

“别胡说！”仓水决出离地愤怒。梁平却拦住他又要挥出的拳头。“你让他说。”

“可……”

梁平笑笑，看向陆鸣。“我相信陆鸣会做出正确的选择。”

“你们到底在说什么？”陆鸣吼道，强烈的不安席卷了他。

易之天勉强抬起头来，看着陆鸣，热泪盈眶。“我就知道，你是他，你是，而不是那个孙荣，是你，而不是那个孙荣。”

孙荣……陆鸣盯住他的眼睛。“跟孙荣有什么关系？”

“跟他没有关系。陆鸣，你不是什么陆溪堂的儿子，孙荣才是！你不叫陆鸣，你的名字是，翎，而你的父亲，就是十六年前惨死在英迟刀下的白鹰王翊。陆鸣，你是白鹰王子，而英迟就是你同父不同母的哥哥！”

陆鸣听着这一切，耳边似是刮过一阵毫无意义的风。他笑了。

“无稽之谈。”陆鸣从腰间抽出一条柔软的蛇鞭，只是轻轻一抚，蛇鞭就化作坚硬的刀，发出冷光。陆鸣把刀架在易之天的脖子上。

“不要迷惑我。你们这些异种！”蛇鳞霎时沾上鹰血。

“是蛇人在迷惑你。鹰王，是蛇人！你醒醒啊，陆鸣，你身上那些羽毛，难道不是最好的证明吗？你是白鹰王，你是鹰人！鹰人怎么能跟万年的宿敌为伍？陆鸣，那个梁平，他在利用你！他们蛇人早在万年以前就被神降了死咒，他们触犯了神明，却非要把仇恨栽在我们鹰人头上——”

梁平突然冲上来牢牢擒住易之天的脖子。“是鹰背叛了蛇的友谊，是鹰吃掉了我们的孩子，是神毫不公允，是神骗了我们，你这个什么都不懂的，长着翅膀的混账，你该死！”梁平掐得越来越紧，易之天的双眼开始暴突，眼看就要断气，梁平却突然放手。他拎起陆鸣的后襟，把他推到易之天身上。

“猎鹰人陆鸣，我要你给我杀了他！现在，马上！”

陆鸣看着易之天，再次扬起蛇刀。他的眼中闪过疑惑，易之天颤动着喉结，仰天发出哀鸣：

“不要杀害自己的兄弟！鹰王，白鹰已经深陷地狱！不要被蛇控制，鹰王，你是穹城之王！不要迷失，回到蓝天的自由，不要被仇恨所役，更不要忘记仇恨！不要忘记黑鹰是怎么杀死你的父亲，你的母亲，你的兄弟，你的人民！陆鸣，你是荷鲁斯之神选中的王，担起你的重任，忏悔罪过，消灭残忍，把天堂带回穹城，陆鸣——”

陆鸣听到前所未有的凄厉之声击穿耳鼓，震碎手中的刀，片片蛇鳞化作苍白的碎片。易之天拼尽最后的力气挣开枷锁，他的手变作利爪，扑向已经呆滞的陆鸣。一片寒光闪过，易之天扑倒在陆鸣身上。山河飘渺如烟尘，陆鸣一阵恐慌，没能抓到易之天的魂灵。

仓水决的刀穿过小白鹰的脖子，留下血窟窿。鲜血流进陆鸣的眼睛，这血让他看不清。

“我说过，要让他，亲手杀死他！”梁平朝仓水决怒吼，“你那一刀，算什么？”

仓水决并不理会，只把陆鸣扛在肩上。

“趴纠。”他闷声说道，然后一把推开梁平，走入无边荒野。陆鸣在一片血红中渐渐看清。易之天的翅膀乌云一般，陨落在地上，尸体僵硬，越来越远。他头朝下数着仓水决的脚步，影子漫过草地，泪水混着小白鹰的血滴落。那些只有鹰人才能听懂的哀鸣，一遍遍刮过陆鸣的脑海。如果他说的都是真的……陆鸣不敢想，他不能想。仓水决走得很稳，只是突然，他的脚下一片火光。陆鸣困惑着，这时仓水决竟开始狂奔。陆鸣猛地抬起头来，他认出这是他们家居住的巷子，不祥的感觉让他不敢回头。

“陆鸣！”

陆鸣听到了陆慈的声音，她异常恐慌。仓水决把陆鸣放到地上。陆鸣转身，看到浑身是黑的陆慈泪人一般，她一动不动。陆鸣冲上去搂住姐姐，看到家，刚刚还平和祥乐的家，竟燃起熊熊大火。

“孙荣呢？”陆鸣的声音颤抖。陆慈紧紧搂住他，大哭不止。

“孙荣呢？”陆鸣又问。陆慈抽泣，她摇着头，陆鸣大声喝道：

“孙荣呢？”

陆慈颤抖，她张着嘴，却发不出任何声音。陆鸣突然推开姐姐，不顾一切地朝火里奔去。在陆慈的尖叫中，他成了扑火飞蛾。他想到易之天的死，他想到生命就那样消失，一个人，就那样永远没了声息。他猛力撞开挡住他的仓水决，跌跌撞撞扑入火中。热气蒸干他的眼泪。他看不清了，什么都看不清。他一遍遍回想孙荣那漂亮的眼睛——不能，不能被火烧成窟窿！火光笼罩着陆鸣，他的衣服开始燃烧。“孙荣！”陆鸣大喊，“孙荣！”

你不能死。陆鸣默念，你不能死。陆鸣突然倒下，仓水决胳膊上的那条蛇出现在他的眼中。他终于明白了，失去，坚硬如铁。

此后，再也没有孙荣……

孙荣的葬礼在一片灰烬之上举行。这突如其来的意外让航校师生震惊，王平治被接二连三的噩耗击倒，他撑着摇摇欲坠的身子，说什么都要送孙荣一程。倒是陆慈看上去还坚强些，她穿着黑布衫子，料理着陆家养子的后事。沈念火灾后就守在陆鸣身边，可他总拒她于千里之外。多数时候，他眼里的沈念，就只是一条为孙荣守丧的素净裙子——

沈念心痛，不光为孙荣的死，还为所有的逝去。

发丧这一天，英迟被英儿硬拉到陆宅废墟。陆鸣不看到英迟还好，一看到他，就仿佛看到仇人。

一定是他。陆鸣知道，一定是他。不管易之天说的是不是真的，不管梁平说的是不是故意骗他，陆鸣唯一能确认的，就是孙荣的死，必跟黑鹰有关。陆鸣不要英迟假惺惺的哀悼，他从人群中疾步穿过，一拳击中英迟，死死摁在地上。

“杀人凶手！”陆鸣喊道，“我要杀死你！”英迟轻蔑地笑笑。

陆鸣怒不可遏，他朝英迟挥拳，却一下打在扑上来的英儿身上。英迟见状，猛地翻身，挥拳击中陆鸣，右脚猛力踏在他的肩上。

“打我可以，伤我妹妹不行。”英迟搂住英儿，英儿却求英迟把脚松开。她搀起陆鸣，说：“孙荣死了，我很难过。”两行眼泪从英儿脸颊滑过，“但是，我请你，不要误会我哥哥。毕竟他是，他是……”英儿看看英迟，她犹豫了。黑鹰好不容易相信白鹰王子已死，她决不能暴露陆鸣的身份。

“他是什么？”梁平饶有兴致地走过来，盯着英儿。

“他是孙荣的救命恩人。”英儿用冷峻的目光回敬梁平。说完这话，她便退回到英迟身边，挽着他的胳膊离开。梁平盯着英儿，发现了黑白鹰之间最大的弱点。

“跟着她。”梁平指示手下。Frida 默默观察着眼前一切，朝沈念使了个眼色。易之天死去那天，她们埋伏在蛇道，已经结盟。是时候拆穿他了。沈念走到梁平跟前，递给他一杯酒，里面混着鹰眼黄血。

“谢谢。”梁平还像从前那样彬彬有礼。他对沈念有种说不清的信任。梁平一口饮尽杯中酒。“太可惜了。”他朝沈念慨叹，“本来是多好的苗子。”

“是吗？”沈念问道，“那么易之天呢？不可惜吗？”

梁平的脸上掠过一丝笑意。“沈念，这话你不该问。”

沈念也回以微笑。梁平眼中突然一片混沌。“沈念，你……”

“不是想喝仇人的血吗？”

这声音……不对，这不是沈念。梁平努力睁大眼睛，两个人影在眼前闪过，继而变成三个，好多个，围成一座黑压压的山。梁平只觉气闷，腹中一阵剧痛，梁平感到似有什么东西要呕出。扣子绷开，衬衫裂出一道道口子，西装突然脆纸一样化为碎片。这具人类的身躯已经不听使唤，梁平体内山崩地裂。就要出来了……梁平充满遗憾地看了沈念一眼……她竟然骗他……竟然……梁平猛地跃起，一条巨蟒从口中冲出，人群顿时一片惊呼。

再不需要这躯壳了。

梁平的身子霎时四分五裂，鲜血溅在每个人身上，有人还不幸被他的肠肚、心脏、肝或是手脚胳膊砸中。前来参加发丧的人纷纷逃窜，大家呼号着，巨蟒盘旋在空中，突然俯冲，朝向裙摆飞起的沈念。她看到，巨蟒之上竟还盘坐着一个人，他怒发冲冠，白衣飘散，身体裸露处尽是青苔松木。他双手合十，一只缠蛇剑就插在巨蟒头上。巨蟒眼若染血灯笼，吻鳞如铁，下颚血肉纷飞，露出剑头，利刃四周都在糜烂。沈念被巨大的气浪冲倒，她捂面俯身，突然一片阴影罩住她——是陆鸣。

陆鸣挡在沈念身前，他张开双臂，抵住巨蟒的冲击。他的脸贴着蟒蛇坚硬的吻鳞，它猛地张开血盆之口，呼啸声地动山摇。陆鸣怒吼一声，他胳膊上的赤练蛇游走，钻入蟒蛇口中。

“再不走，我一定将你碎尸万段！”陆鸣猛地掰住巨蟒上下两颚，用力朝后一推。那白衣蛇人朝后一仰，意味深长地看着陆鸣。头发落下来，他拍拍蟒蛇的头颅，巨蟒转身，逶迤飞走。

陆鸣松了一口气，瘫坐在地上。沈念靠近，他却将沈念一把推开。

“为什么要毁了孙荣的葬礼。”陆鸣语气里带着十足的愤怒。

“我只是想让你，想让所有人看清梁平的真面目。你必须远离他。”

“我早知道他的真面目。”陆鸣站起来，走向陆慈，又回头对沈念吼道，“我只是不愿意相信我的真面目。而且，我不相信——”陆鸣顿了顿，一股巨大的哀伤吞没了他，“我只是不愿相信，是我，我的身世，杀死了孙荣。他因我而死，你知道吗？知道吗！”

沈念抱住陆鸣，拼尽全力喊道：“不是你！”

被沈念这么一抱，陆鸣哭出了声音。他多希望不是他，他多希望，他不是什么所谓的王子，或是鹰王，他多希望就在此刻，是他化成灰烬，而不是孙荣！他甚至希望，沈念抱着的是孙荣的身体，而不是他，这个异族。陆鸣再次推开沈念，他该是那片灰烬，他该扬手被人撒向天空。

Frida 从背后扶住沈念，她不像从前那样刚强有力，倒是有了几分女孩子的柔弱。“我做错了吗？”沈念问她。Frida 摇摇头，她坚定地说：“这是成为真正的王，必须经历的。你帮了他，好姑娘。”

第十六章

鬼

沈念一人回到航校，她无处可去，只好躲入独属于自己的仓房。飞机从前都是活物，给她最大的愉悦。可如今，沈念从未觉得它们如此冰冷无情。她靠在埃特里切鸽上，先是默默流泪，继而抽泣，最后忍受不住，竟至号啕大哭。泪水浸染罩在飞机上的天鹅绒，湿润让黑色的绒布晶晶闪亮，女孩的哭声那样寂寞无助，任谁听到，都有如春日遭到毁灭般，不可抑制地难过。

“别哭。”

一只手放在沈念肩上。沈念心头一暖，温柔的臂膀将她整个环住，沈念扭过头来，大吃一惊。她推开那人，朝后退着，退着，不想一脚踩在工具箱上，摔倒在地。

“你别过来！”她大喊。

那人站定，说道：“你没事吧？是我。”他站到光下，生怕吓到沈念。“是我，沈念，是我，孙荣啊。”他小心翼翼的。

“你——你是人是鬼？”沈念还在后退，她摸到一个扳手，随时准备反击。

孙荣见状不再靠近，他笑笑。“如果现在，我是陆鸣，你也会吓成这样吗？”

沈念不说话。孙荣自嘲道：“还以为你是为我哭呢，还以为，你想见我……早知这样，我回来干什么？”

沈念镇定下来，她站起身，试着靠近。看样子，真是孙荣。

“你不是已经……”

“死了对吗？”孙荣靠在飞机上，眼里有泪光，“我告诉你一切，沈念。我没有死，沈念。”他把手伸过来，“摸摸看，热的。”

沈念颤颤巍巍地把手伸向孙荣，她握到那只尽管苍白却温热的手，热的，真是热的！沈念激动起来，一下扑向孙荣，紧紧抱住了他。

“太好了，你还活着！”

孙荣也紧紧环住沈念的腰，他贴着沈念的脖子，第一次嗅到她身上的味道。此刻，他感到幸福，可很快，他自己都意识到，沈念这么高兴，恐怕不是为了他吧。孙荣难掩失望，他推开沈念。

“究竟怎么回事？”沈念问道，“还有，你怎么会在这里？陆鸣知道吗？你姐姐——”

“我姐姐不知道。”孙荣摇着头，踱开，“陆鸣更不知道。别告诉他们，尤其不要告诉我姐姐。她会生我气……”

“什么意思？”沈念不懂。

孙荣扭头看她，仿佛看到昨夜的陆慈。“你走吧。”他听到她这么说，他听到她居然这么说。“为了保护陆鸣，也为了保护你自己，离开我们，永远离开我们，不要回来。”她竟然这么说！

孙荣想到这一幕，眼泪再也忍不住。

“你懂一个被改变命运的人，心里那种难过吗？”孙荣擦干眼泪。不要在她面前哭，他想。“你知道，这世上竟有人把自己儿子的命运，拿去跟别人的儿子交换吗？这世上竟然有这样狠心的父亲，宁愿让自己的儿子承担别人的风险，宁愿让他身处险境，也要护他人周全！他宁愿，把我放在几乎下人的位置上，宁愿，让我喊别人做少爷，宁愿，让我痛苦，让我不安，让我嫉妒，让我一辈子都受嘲弄——”孙荣开始大笑，“我姐姐？她宁愿我假死，一生从这人世除名，也要保他陆鸣的命！”

“你是说……”沈念扶住身体战栗的孙荣，“你才是陆溪堂的儿子？”

“我是吗？”孙荣深吸一口气，“沈念你说，我是吗？”

“你是。”沈念点头，仍然是昨日的陆慈。

“你是，你是我的亲弟弟。”他听到她无比坚定地说。“那你，还要我离开吗？”他早已泣不成声。陆慈抱住他，毫不温柔，斩钉截铁。“你必须走，你必须要让那些想杀陆鸣的人知道，王子已经死了。这样，他们就不会再找陆鸣的麻烦，他们就不会再追着我们不放——”

“可他们明明找的是我的麻烦，不是吗？姐？”

陆慈抱住他，连声说着：“对不起。”

“我知道这些年苦了你。”

孙荣挣开她，吼道：“你知道？你，还有陆溪堂，你们知道？你们什么都不知道！”

“不要这么说父亲，你不懂他的痛苦，你无权质疑他的选择。”陆慈推倒面前的煤油灯，木头桌子迅速烧了起来。

“你要做什么？”孙荣慌张扑火。陆慈却推开他。

“走！”她厉声喝道，“我要告诉你，为了信守承诺，陆家的决心！”

“姐！”大火迅速燃到窗帘，继而攀上屋顶。陆慈仍然站在原地，但她咳起来，渐渐意识模糊，站不住了。本已冲出火海的孙荣又冲了回去，他扛起陆慈，躲过砸下来的横梁和灼热的现实，陆慈却仍在求他。

“走……”她气息微弱，却又异常坚决，“走！我求你！”

孙荣把陆慈放在安全处，擦干眼泪，往城外狂奔。他越跑越悲伤，越跑越害怕。他想到了让他眷恋的一切，想到这世上的不公，想到这不堪的运命。他跌倒在荒野，双手狂乱地拽住大地滋生的野草，他把指尖愤怒地插入土地——他不能……

“不能什么？”沈念握着孙荣的手。她的心也在滴血，她多想能给他哪怕一点点的安慰。

“不能离开你。”孙荣望着沈念，他把另一只手叠在她手上，他极度渴望着沈念这份温柔，这份坚定，这份期待。“你愿意同我一起走吗？”孙荣说出这句话，即使知道不合适，却还是说了。他动了情，他那么敏感，他懂得自己什么样的处境，可他动了情，他渴望，比过去任何一个时刻都渴望，这份无望的感情能有一个奇迹般的回应。

会有奇迹吗？他大意了，他竟然想要奇迹。

沈念抽开她的手。她已经竭尽所能地不让孙荣难过，可她不能骗他，更不能骗自己。

“我不能。”她轻轻地说，每一个字却都重重砸在孙荣感情的镜面上。少年碎了一地，奇迹没有发生。

“你爱他。”孙荣尝到了，那熬人的，可怕的，来自地狱深处的嫉妒，“你们都爱他。”孙荣静静摆着头，有那么一个瞬间，沈念怀疑，他是死的。

“孙荣？”沈念低低地叫着他的名字。孙荣不出声。良久，他一把拽过沈念，把她拉到身下，他要吻她。他要，吻她！

可他停住了。沈念眼里不是拒绝，而是绝望，和着一种无比伤感的顺从。孙荣羞愧地跑开。这是他心爱的姑娘啊。他怎么能？

孙荣恨自己。

“你爱他……”他又这样说了一遍。沈念打开仓库门，一人走了出去。

“是。”就一个字，她说的那样深情。“待在这里，我来给你想办法。”沈念望向这个可怜人，他把自己蜷缩在角落。他不再发声。

没有孙荣的航校比从前更寥落寂寞。英迟已经退学，英儿怀念过去与孙荣短暂相处过的时光，总还出现在航校里。当然，她时时关注着陆鸣，她的亲哥哥。有关鹰人、蛇人的恐怖故事传遍大街小巷，曾与猎鹰人首领梁平关系密切的市长方生，也受了牵连。在民众的压力下，猎鹰人不得不退守落鹰山。那些过去追随梁平的人不敢从蛇人手底下逃脱，只有仓水决，他毅然割下胳膊上那块文着蛇的死肉，还给蛇人。巨蟒吞食了那块死肉，白衣蛇人摆摆手，算是送走跟了他大半辈子的猎手。可其他人，他就没那么客气了。

正当方市长焦头烂额的时候，临阳城的食人鹰数量确实锐减了。从表面上看，临阳总算出现了短暂的风平浪静，可英迟知道，这小城即将面临的是怎样的灾难。摄政王英希的羽毛箭总在午夜射进英迟的屋顶，不偏不倚地射在他的枕头边。英希在催王归城，英迟犹豫着。穹城已经不是故乡，它极有可能让他身首异处。

可不回去，就能逃过此劫吗？英迟耻笑自己的单纯，现在白鹰王子已经死了，剿灭所有白鹰更是指日可待，可英迟却有意把这日子延宕。鲁阿懂得少王的心思，为那白鹰王子的死，王可没少伤心。尽管英迟不说，可什么也逃不过鲁阿这个老奴的眼睛。他没向摄政王报告这一点，他真是满心满意地爱着英迟和英儿，这一对让鲁阿骄傲的兄妹。然而什么都无法阻止英希的计划，鲁阿深知这一点。

这夜，英迟又在床上难眠。走，还是留？他下不了决心。又到子时，那羽毛箭即将射穿瓦片直逼而来。英迟闭上眼睛，他期待那箭最好一下就刺穿他的脑门，这样，他就用不着这般心烦意乱了。英迟真有些羡慕他那高贵的兄弟，大火一烧，他死得多么干净。然而闭眼等了好久，他却没听到羽毛箭那“嗖”的一声，反倒有门把手转动的声音。有个人轻手轻脚走了进来。英迟佯装闭目，在被窝里攥紧拳头，他从眼睛缝里瞥见来人的样貌——

可怖如英迟，也睁大眼睛，吃了一惊。

是孙荣。英迟故作淡定地坐起来。怎么，做了鬼还要送上门来？

“你并没有睡着。”孙荣坐到英迟床边，英迟看到他身后追随着一个单薄的影。他顿时明白了。

“你并没有死。”英迟站起来。他准备掌灯，孙荣却求他不要。“做惯了鬼，我现在更习惯黑了。别掌灯，我怕。”

英迟把手中的火儿放下，他拉了把椅子坐在孙荣对面。

“死过的人还有什么怕的？”借着月光，英迟观察着孙荣的表情。白鹰王子没死，不知为何，英迟竟然感到庆幸。

“说吧，找我做什么？”

孙荣抬起头，迎着皎洁月光，他冷冷说道：“我知道你在找谁，你找对了地方，没有找对人。”

“什么意思？”英迟眯起眼睛。

“你先答应我一件事。”孙荣直视月亮。

“你说。”

“我把白鹰王子的实情告诉你，但你必须答应我，杀死他，不惜一切代价，杀死他。”孙荣眼角浮现笑意，他的嘴半张着，似乎在想象陆鸣死后，他的快乐。

英迟盯着孙荣，郑重地点了点头。看来，他为自己的留下，终于找到了理由。

第二天，沈念没有在仓房找到孙荣，难道他走了？沈念惊慌。她在王平治的办公室找到Frida，清清楚楚地说出，孙荣未死的事实。

“你还不肯相信我吗？”Frida听到这话后，看向王平治。

这只苍老的白鹰艰难地抬起他的眼皮。

“他没死。”他扶住桌边，颤颤巍巍地站了起来。“复国还有希望。”他面向窗户慨叹，“皇兄，你后继有人啦！”

“他本来就没死。” Frida 站起来进一步解释道，“我不是说孙荣，我说的是陆鸣！现在情况紧急，你必须相信我！”

王平治缓缓地转身，他睥睨着眼前的这个女人，语气低落。

“小姐，你让我相信你什么呢？”王平治重又转向窗外蓝天，“我没法相信你。皇兄，他不会派黑鹰来监视我。这么多年，他不会，这不可能！他不会！”王平治越说越生气，他砰一声推开窗子，“他不会亵渎我们之间的信任，他不会。”

Frida 摇摇头，转身离开，可沈念似乎还有话说，她走到窗前，看着王平治哀伤的眼睛。

“督监。”她异常恳切，“我知道承认一些你无法接受的事情，很难。我们总是很难获知我们深爱那人的，真正的心意。我们可能被无视，被背叛，甚至被彻底忘记，可那不该阻挡你对那人全部的爱和付出。毕竟，我们不是因为渴求同等回报才甘愿冒险。我们爱着，因为他们在事实与谎言之间，不管怎样，他们值得爱。”

王平治看着眼前这姑娘，竟很难把她同那个冰冷、优秀的沈念联系起来。他惊讶地张开嘴：

“你是——”

“我是不小心卷进这一切的人类。”沈念笑笑，朝王平治微微欠身，鞠躬，“我不懂你们的语言，不了解你们那个世界，究竟是怎样的世界。但我懂飞翔，我也懂陆鸣，我都能相信他是白鹰王子，你，作为他的叔叔，为什么就是不能呢？”

王平治一时语塞，无言以对。

沈念离开窗口，她随 Frida 一起消失在走廊尽头。她们为孙荣的不告而别惴惴不安，Frida 决定到英迟那里，探个究竟。英迟的宅子一如往常，静谧得就像没人住似的。Frida 推开门，突觉后背一阵剧痛，肩膀被什么东西射穿，直直插在英迟身后的墙上。英迟抬起头来，眼里溢满寒光。Frida 感到鲜血顺着膀子浸染了半个身子，她捂住伤口，知道不妙，但仍艰难行礼。这时，背后又是一记重拳，把她击倒在地。Frida 不必扭头都知道，这个一心要置她于死地的人，是鲁阿。

“早看出你是个奸细。”鲁阿朝着 Frida 白净的脸上啐了一口，“果真没让我们失望啊。”

“王。”Frida 用袖子拭掉鲁阿的唾沫，冷静说道，“我也是刚刚才知道，而且，陆鸣究竟是不是真正的白鹰王子，以及，这是不是又是个圈套，我们都还未可知。怎么，这么轻易，我就成了奸细？”她猛地扭向鲁阿，“你倒是说说，我是谁派的奸细？白鹰还是人类，又或者，蛇人？你说啊！”

“你——你还嘴硬——”鲁阿扬起手臂，一掌打在 Frida 的脸上。她支撑不住，完全伏在地上。鲁阿抬腿就要踹向她血流不止的肩膀，英迟喝住了他。

“滚开。”他说。

“王？”鲁阿惊愕，“事情不是明摆着吗？就是这娘们误导了我们，就是她！”

英迟起身，走到 Frida 身边，蹲下，右手抬起她因流血而更娇艳的脸。

“你早知道是不是？”他的声音很平静。

Frida 摇摇头。“我不知道，我说了。”

“那我，信你。”英迟站起来。

“王！”鲁阿愤怒地说道，“她迟早害死你！”鲁阿拿起沾血的羽刀，用力朝 Frida 的头顶捅去。“让我解决了她！让我解决了她！”他不断怒吼，絮语，然而英迟徒手抓住他的刀。英迟与 Frida 的血混在了一起，不断流到女人的脑门上。

“王——”鲁阿绝望地跪下，“你宁愿相信她，也不信我吗？”

英迟把羽刀一下捏成碎片，扔在鲁阿身上。“出去。”他语气冰冷。Frida 看到鲁阿似乎被抽去了筋骨般爬出门口。她终于舒一口气，彻底倒在地上。

“为什么信我？”她气若游丝。

英迟把她抱起，女人虚弱的身体瞬间感到温柔。男人仍不说话，只是慢慢地走。Frida 瞥见窗外的榕树林，感到自己正渐渐失去意识。满眼的绿色从眼睛灌入全身，她忘记了所有，甚至忘记了自己是谁，英迟是谁。

窗外，榕树林比 Frida 感受到的，还要静谧可爱。林中，孙荣一个人在踱步。英迟没有找人专门看着他，至少表面上没有。孙荣也无所谓迷路了，他漫无目的地游走，不知不觉又走到那片湿地。英儿乘过的小舟还在水上漂着，没有桨，也没有英儿，它自在随着水波。孙荣朝那舟趟过去，水渐渐没到腰上，可那舟竟自漂远，孙荣泄气，它同他毕生追求的一切那样，都只是越漂越远了。

孙荣转身，没想到身后有声音响起。

“喂！这样就放弃了？”

孙荣转回来，竟是英儿。她从船底坐起来，调皮地看他。孙荣心里一慌。他不该被英儿看见的。孙荣不说话，只是加速脚步，他要离开这里。可英儿怎能由他？她无所顾忌地张开白色的翅膀，从小舟上飞起，落到孙荣面前。孙荣避开她的眼睛，逃往别处。可英儿脚尖点着水面，轻盈地飞着，挡住了孙荣所有的去路，扇起水面的风。

孙荣只好放弃这一番徒劳，兀自走到岸边，盘腿坐下。

“你这样很危险。”他提醒英儿，“猎鹰人——”

“猎鹰人都被赶到山上去了。”英儿说着，“倒是你。”英儿飞落到孙荣身边，“你很危险。”

“我都是死过的人了，有什么危险？”孙荣看英儿，“怎么，你都不害怕吗？”

英儿笑起来。“你一个大活人我怕什么？连尸首都没有，还想伪装死亡？你那个姐姐，也太小看我们了。”

“可他信了，不是吗？”

“他那是选择去信了。”英儿老老实实地坐了下来，她的翅膀刚才还硕大有力，这会儿却像柔软的披肩一样，小小地收缩在一起，毛茸茸一片，煞是可爱。孙荣看呆了，英儿凑到他脸前。“喂，看什么呢？”

孙荣忙把目光收回，支支吾吾地说：“没什么。我在想你说的话。”

“关于我哥？”

孙荣忙点头。“你跟我说说，他为什么要杀死那个白鹰王，哦，对不起，我是说，你父亲。”英儿的眼光一阵黯淡，她看向天空，脑海中浮现那段最惨痛的过去。

第十七章

疯眼

“父王是世界上最英明的君主。”英儿坦坦说道，“可惜，他统治的是一个白鹰歧视黑鹰的国度。在鹰界，白羽鹰人天生就是高贵的，他们继承了荷鲁斯之神的智慧，而黑鹰，只拥有猛禽的蛮力。尽管我并不这么认同，可似乎神就是这样划分的。黑鹰就这样沦为底层，不是奴隶，就是罪犯，他们被白鹰认为是无可救药的种群，必须管制和掠夺，而你们人类最初看到的食人鹰，是唯一比黑羽鹰人还低等的物种。”

“原来食人鹰是低等物种。”孙荣插了一句。英儿看看天空，继续说道，“我们白羽本来也有食人鹰，当然我们不会这么叫，只是叫它们‘鹰’而已。鹰缺少智慧，它们的身份，就是搬运工和士兵。可你知道，白羽多么强调血统的高贵，那些高居穹城圣殿的白羽长老，那历代的国王，决不能允许白色的羽毛混迹肮脏的底层，或是嗜血行武。所以经过一轮又一轮大清洗，白鹰总算被消灭干净。那些血让高高在上的贵族感到无比安全和高兴，可黑羽鹰人却在偷偷为白鹰哭泣。他们在恐惧自己的命运。”

“怪不得我们从来没有见过白色的食人鹰，原来……”孙荣听得心惊。英儿却突然一笑，说：“看我扯远了，本来是要跟你说我哥的事情。”

“我看我们还是先说回你父王吧。”孙荣听得入神，这位白鹰王听上去是个大人物。

“我父王很了不起。”英儿说道，“我从来没有见过他，可是我知道，他有多了不起。他不仅看不惯白鹰对黑鹰的歧视，更反对鹰界与人类的阻隔。”

“高瞻远瞩的君主。”孙荣赞叹。

“这成就了他，也害了他。”英儿叹息，“当年他顶着长老会的压力，娶了我的母亲，一个黑羽鹰人，还是奴隶的女儿。这件事在整个鹰界都掀起轩然大波。几乎所有的白鹰贵族都在反对，可父王是拥有荷鲁斯之眼的真王，他暂时震慑住了贵族的愤怒，长老会终于作出让步，但他们提出一个条件。”

“有关孩子？”

英儿点点头。“在鹰界，穹城的守护者一直是撒路法家族，而这个家族的继承者，他们翅膀的颜色必须是高贵而纯正的雪白，如果，有一点灰度，或者干脆就是黑色，那么这个孩子就必须被流放，甚至被残害。为了安抚不安的贵族，父王最终同意了这个让我母亲极度不安的要求。她几乎日夜都在祈祷，渴望着她的肚子里能生出高贵的白羽鹰人。可惜……”

“她生下的就是英迟？”

英儿又一次点头，她沉浸在过去的故事里，脸上现出痛苦。“他长得非常漂亮，当然是很高贵的，灰色翅膀。可没有办法，父王必须遵守承诺，将哥哥流放。”

流放……孙荣想到自己。流放。

“哥哥被托付给边地可靠的人家。可命运就是要作弄他。史上最残暴的黑羽鹰人英希找到了他，他养着他，给他种下了仇父的种子。英希利用哥哥，成功煽动了黑羽鹰人的反心。他们困惑、不满，他们一遍遍问天：为什么荷鲁斯神选中的，不能是同样流着撒路法家族血液的英迟？就这样，黑鹰拥护着哥哥称王，可实权都掌握在摄政王英希手上。他逼哥哥杀死了父王，他逼他背负着弑父的恶名，永生永世。”英儿突然看着孙荣，攥紧拳头，无比认真地说，“鹰神可能因此，永远不能原谅哥哥！我真恨那个逼他的人，我恨他！”

孙荣看到英儿身后的翅膀腾地张开，孙荣轻轻抚住。

“那究竟是一个怎样的人？”孙荣像是自语，又像是在发问。

英儿摇摇头。“你不会想了解那样一个人。他太可怕了，你们人类最好永远都别知道他，我祈祷，你们永远都别看到他。”

孙荣被英儿说的有些紧张。“怎么？我们有可能会看到他吗？”

“我不知道。”英儿不说话了，她起身离开湿湿的草地。阳光耀眼，英儿捂住眼睛。孙荣也想站起，可就在用力的瞬间，他的脑后突遭重击。孙荣眼前一黑，晕倒前看到了英儿惊恐的神情。一张巨网落在她雪白的羽毛上，孙荣没来得及喊出那句“小心”，英儿便消失了……

英儿被劫持以后，仓水决才从榕树洞里钻出来。他扛起孙荣，直奔航校。陆鸣已经在孙荣的死里挣扎太久，他不该再被谁自以为是地欺骗了。

仓水决在航校宿舍找到陆鸣。宿舍里的人都退宿，或干脆退学了。陆鸣便整日这样躺着，盘算着所谓的命运，来来往往地犹疑。他不能，或者说根本不想搞清楚自己是谁。学校的课程大多是荒废了。任谁来，也请他不动。仓水决常来陪他，可他只是盯着天花板，不想同任何人言语。这天，仓水决几乎破门而入，陆鸣一眼未看他。

“醒醒吧，臭小子！”仓水决又要骂他，想想还是正事比较重要，“你看看，这是谁？”

陆鸣目不斜视地盯着天花板，完全不为所动。仓水决只好把陆鸣从床上拎下来。

“睁开眼看看，看他是谁？”

陆鸣漫不经心的目光瞥着地上那人。谁？他毫不关心。可那人动了，他抬起脸来，他拥有一双无比漂亮的眼睛。

孙荣？陆鸣精神恍惚。他一定是太想孙荣了。他一定是，太想看到他了。陆鸣知道自己的虚妄，可还是忍不住朝那幻影走去。他一把抱住孙荣，求他原谅自己，求他再不要离开。

刚从昏迷中清醒过来的孙荣推开陆鸣，冷冷说道：

“别哭哭啼啼的，我没死。”

陆鸣听到孙荣熟悉的声音，这才缓过神来。他看向仓水决，仓水决点点头。

“他是没死。都是你姐要他装的。”仓水决不好意思地看看孙荣，“不好意思，在榕树林那边，我不是故意要偷听——”

“不打紧。”孙荣打断仓水决。此刻，最重要的不是自己，而是英儿。

“这是什么意思？”陆鸣彻底懵了，他摸摸孙荣的胳膊、衣服，又盯着他的眼睛看了半天，突然蹲在地上，号啕大哭起来。他毫不在意发生了什么，他只是感激，有人把孙荣送了回来。

孙荣把陆鸣拽起来。“混账，英儿生死未卜，你还在这里号丧？”

陆鸣马上擦干眼泪。“你说什么？英儿？”

孙荣着急往外走，陆鸣随便抓了件衣服赶紧跟上。

“我知道是谁干的。”陆鸣边跑边系上腰带和扣子。“跟我来。”他领着孙荣和仓水决来到梁平办公室。陆鸣推开书柜，可奇怪了，他找不到过去那条蛇道。

“蛇人肯定是把蛇道收走了，难道还能给你留着？”仓水决提醒道。

“我们到底要去哪儿？”孙荣问。

“落鹰山。”陆鸣领着俩人又往外走，“我知道怎么过去。跟我来。”三人慌里慌张往训练场跑去，不出孙荣所料，他们出现在沈念的仓库门口。沈念惊讶地看着站在陆鸣身旁的孙荣，不知说什么好。

“很吃惊吧？”陆鸣掀开沈念仓库里的所有蒙布，“来不及跟你解释了，我们必须先去救英儿，再晚，那个蛇人不知道会做出什么。”

沈念转动仓库转盘，孙荣和仓水决同第一次见到这一切的陆鸣一样，被眼前的飞机深深震惊。

“上来吧。”陆鸣跳上大维美，对仓水决说。

沈念却把陆鸣从大维美拉下来。“你又不会开飞机。”她仍然把陆鸣塞进埃特里切鸽后座，然后跳入驾驶座。仓水决见状便跃上大维美，扣上安全带。他招呼孙荣坐在前排。“开飞机还得你们这些学生崽子来。”孙荣看了沈念一眼，然后麻利地跳进机舱。

“开稳点。”仓水决拍拍孙荣的肩，“真要上天了，我是有点怕的。”

孙荣并不理会仓水决，他猛地拉动操纵杆，心急如焚地朝落鹰山方向飞去。他不想别的，一心只想着，救出英儿。

然而刚刚飞到落鹰山上空，沈念就发现不妙。梁平根本就在张开巨网，想把鹰人一网打尽。陆鸣从高空看下去，落鹰山不仅埋伏着猎鹰人，还藏了数门高射炮。沈念在高空盘旋，寻找着降落的时机。可孙荣看不了那么远，他刚看到落鹰山便着急俯冲迫降。陆鸣眼睁睁看着孙荣落入蛇人圈套，恨不得解开安全带前往营救。就在这时，山间一门高射炮连续轰出巨响，大维美左翼折断，飞机迅速翻转，垂直下坠。

“不！”陆鸣刚刚找回孙荣，他不能——

就在这时天空一片灰羽刮过，是英迟！他带着长着黑色翅膀的鹰人前来营救英儿，没想到正赶上孙荣和仓水决从空中跌落。英迟一手拎起一个，山间又是轰轰隆隆，沈念靠着卓越的飞行技术躲开，然而那些不熟悉枪炮的鹰人就没那么幸运了。他们躲避着火药，同时还要想法设法避开猎鹰人疯狂的攻击。仓水决尽管悬吊空中，还是用蛇头骨击晕不少过去并肩作战的兄弟。

“醒醒吧！”他高声呼喊着。可山间一片纷乱，没人听得到他的劝阻。突然山间飞出一张张巨网，仓水决清楚，这是鹰很难躲过的绝招。孙荣看着英迟，他因负重两人显得吃力。就在他为英迟担心的时候，一张金丝巨网扑来，它不仅拢住了三人，更是越收越紧，使得英迟无法展翅，三人只能一起坠落。

“冲啊，沈念！”陆鸣看着眼前一幕实在着急。如果他是鹰王，那么他肯定有翅膀。陆鸣解开安全带，奋力朝下一跃。他必须冒险，把身后那该死的翅膀，逼出来。然而身体只是直直地落下去，根本没有奇迹出现。可沈念决不允许陆鸣就这么死在她眼前。她不顾一切俯冲盘旋，调动起自己所有的飞行能力。她能接住他的，她知道，她能！

终于，在离地百米的地方，沈念接住了陆鸣，然而一切都静止了，飞机竟整个地无法动弹。沈念下意识朝后看，只见从梁平身体里钻出的巨蟒死死咬住飞机尾翼，陆鸣面朝那巨蟒的红眼睛。他艰难地爬起来，从腰间抽出一柄利剑。

“省省吧。”白衣蛇人沿着蛇身慢慢走上来，他还是那么潇洒俊逸，一如梁平。“那剑还是我送你的，省省吧，不如跟我走。”

“去哪儿？”陆鸣抓住沈念的手，两人齐声问。

白衣蛇人并未回头，只说：“去见英儿啊。你们不都是为她来的吗？”陆鸣仍然用剑指着巨蟒，他瞥了地上一眼，被金丝网束得紧紧的英迟、孙荣以及仓水决，正被送往洞中。

“来。”陆鸣把沈念从驾驶舱拽出来，他们踩着巨蟒的脑袋，还有那滑腻的身体，走入阴森森的——蛇洞。陆鸣仰头，看见洞口写着这样两个字。这不像是他从前来过的落鹰山，这里潮湿阴森，似是那明艳山峦的背面，到处都是**窸窸窣窣**的声音，到处都是——沈念拽紧陆鸣。无数小蛇盘在洞中。等走到有光亮的地方，沈念便被铐上，同英迟他们绑在一起。蛇人只留陆鸣一人在洞中央，他没有武器，也没有枷锁。

“我妹妹呢？”英迟大喊，“你要是敢对她怎么样，我定会剥了你的皮，捏碎你，还有你那个怪物的脑袋！”

“别这么嚣张。几千年过去了，你们这些鹰人还是那副虚张声势的样子。”白衣蛇人走到陆鸣跟前，用手拉他。

“你来看啊。”他催促。

陆鸣随白衣蛇人来到一座石桥，他往下一看，眼前情景触目惊心。这是一个巨大的万蛇坑，而英儿就睡在其中，无数条蠢动的蛇从她脸上、身上爬过，它们绕着她的脖颈，绕着她的脚踝，它们甚至钻入她的裙中，像一场无法制止的噩梦。

“英儿……”陆鸣喊着，白衣蛇人却制止了他。

“她现在只是睡着而已，可你如果叫醒她，我的灵蛇就无法像现在这样，对她毫不侵犯了。”

“陆鸣，她怎么样？”陆鸣听到孙荣的喊声。可他看着眼前的情状，根本无法回答。

“你到底想怎么样？”陆鸣咬着牙齿，“我警告你，她是我妹妹！”

“啧啧。”白衣蛇人感慨，“你终于信了？你是鹰人？”

“我信。”陆鸣瞪着他，恨不得把他塞进那条巨蟒的肚子里。

“那你也该知道那个英迟是你的哥哥，而他追踪你这么久，就是想让你死。”白衣蛇人故意强调那个“死”字，“还有你那个兄弟，孙荣，他——”蛇人笑起来，“他就是个笑话，可你没想到吧，他也想让你死。”

“你胡说！”陆鸣一拳打过去，却扑空，他几乎栽进万蛇坑。白衣蛇人就在他身后，轻轻拽住陆鸣的衣角。“我可不想你就这么死了。”他从衣袖里甩出那把插在巨蟒头上的缠蛇剑，扔在陆鸣脚下。

“拿起这把剑，杀了那个夺你王位的人。”白衣在陆鸣面前飘过，他拾起那把剑，“拿起它，杀了那个蛊惑你好兄弟的人。”陆鸣眼前晃过一些可怕的事情，那是英迟，他一刀插进父王的喉咙，鲜血洒在他白色的羽毛上，父王！陆鸣走下石桥。他看到孙荣，他坐在英迟的床上，说着：杀死陆鸣，替我杀了他！

不会的。陆鸣看着那剑，蛇变作骷髅，爬上他的腕子。不会的！陆鸣扔掉那剑，一瞬清醒。可那白衣又在飘，那飘动带着蛊惑人心的力量。眼前都是要置他于死地的人，这里面甚至还有——沈念。不！陆鸣再次拾起缠蛇剑，野火在胸中燃烧，他一掌把英迟的脑袋摁在洞壁，剑就架在他的脖子上。陆鸣的额上冒着汗珠，他的双眼，透露疯狂。

“你杀死了父王！你是不是还想杀我？”

他看到英迟在嘶喊，可他听不到他究竟在说什么。他看到孙荣在嘶喊，他也不知他在喊什么。陆鸣的耳朵像是失聪一样，他猛地扬起手中的剑，可他看到沈念也在喊着什么。他住手了。他想知道沈念究竟有什么话要对他说。

是他想听的那一句吗？陆鸣张开耳朵。

喧闹声洪水般袭来，他们都在喊他的名字。沈念，她热烈地喊着他的名字，她说：“陆鸣！放下剑！放下！”

陆鸣清醒过来，他猛地转身，把手中的剑刺向蛇人，蛇人却轻松接住了。

“你已经浪费了太多时间。”他不无遗憾地说，“我本想给你机会，杀掉所有鹰人，我就还你这个可人的姑娘。可你真是不争气，连一心想置你于死地的人，都不忍心下手。现在，我没办法了，只能唤醒你的妹妹，再把你们，一个个全部都投到这坑里去。乌卢斯——马奇那——”

“不！”陆鸣冲向万蛇坑，却被猎鹰人紧紧擒住。“英儿！”他喊着，同时绝望地看到，他还没来得及相认的妹妹，正慢慢睁开她的眼睛。“不要，英儿！”

“杀死我！陆鸣！”英迟的声音从背后传来。“快，来不及了！”英迟简直是在怒吼。白衣蛇人停下念咒，把缠蛇剑重又扔给陆鸣。陆鸣走向英迟，他听到他的声音，那么粗硬，那么不由分说。沈念想起来了，这是飞机失控那晚，救过她和陆鸣的声音。

“不要！”沈念摇着头，“他救过我们，陆鸣，不要！”

“为了英儿，杀了我，快！”英迟怒吼，“是我杀了父亲，我不值得你迟疑，快，用你那缠蛇的剑刺破我的喉咙，就像我千万次想对你做的那样，杀死我！”

陆鸣扬起剑，却一下劈在英迟的锁链上。陆鸣转身，他的脸正发生着变化，他的使命正从身体内部奋力迸出，他的每一根神经都在剧烈跳动。他像是经历一场大雨那样，浑身湿漉。白衣蛇人大呼不妙，陆鸣排出的正是压制着他力量的蛇露，以及陆溪堂长期给他涂的抑制生长的药水。蛇人重新盘坐在巨蟒头上，他的嘴开始念咒，万蛇坑现出前所未有的活跃。英儿睁开了她的眼睛。

“啊——”英儿的惊叫让陆鸣的羽毛一瞬全部飞出。他的翅膀迅速从背部钻出、生长，他的眼睛旋转起来，眼的四周化为漩涡，一条红色弧线从眼角飞起，定格在他的半边侧脸。

“鹰神荷鲁斯之眼！”英迟惊呼。只见陆鸣张开完美的白翅，鼻尖如钩，眼白变为明黄，壮实的肌肉顶起胸膛。他的眼光如火，所及之处尽被灼伤。突然，陆鸣腾空跃起，巨翅扇起狂风，一个俯冲，万蛇坑腾起蛇浪，英儿飞起，陆鸣撕开数条灵蛇，一番掼扔摔打，悉数扔在洞壁。他紧紧抱住英儿，听她喊出了那声藏了太久的：“哥哥。”

白衣蛇人见状，正要发功，不料，王平治带领的隐翼者和Frida带领的无翼者及时赶到。白衣蛇人只好遁走，巨蟒冲破石崖，跌入茫茫大海中。

陆鸣把英儿送还给英迟，可他无法控制身体里突然爆发的能量。在场所有鹰人，都朝陆鸣跪拜。只有拥有鹰神荷鲁斯之眼的鹰，才是真正的鹰王。可陆鸣只觉热血烧心，火光从他的眼里蔓延整个蛇洞，他在迷狂中失去理智，不少鹰人甚至被他火热的目光所灼伤。没有人敢靠近陆鸣，只有沈念勇敢地用眼睛去迎接陆鸣如火如刀的目光，她决不相信陆鸣看到她的眼睛，会毫不动容。沈念昂首挺立于鹰目的火海之中，犹如立于冰山上的白鹭。陆鸣终于认出了自己的恋人，他颓然倒地，重新变回少年的模样。

沈念冲上去，紧紧抱住自己的爱人。她倍感心痛地明白，这一切才刚刚开始。大家都围上去，神情肃穆地看着陆鸣，他是兄弟，是朋友，是王，可能，亦是敌手。沈念追逐陆鸣越来越强烈的心跳，她懂得，这个注定为王的陆鸣，将不再属于航校，不再属于陆宅，甚至也不再属于人类。女孩在此刻暗自下定决心，他的归属，将永远是她的怀抱，无论在此地，还是在穹城……

无论在人间，还是在炼狱。

第十八章

血王座

眼前一片血红。

脚下踩的是染血的白羽毛，松软铺成地毯，通向红色的王座。不，与其说是王座，不如说是白羽灵魂的尸体，他们垒成一把椅的样子，让坐在上面的人，感到嗜血的快乐。抬头望过去，穹顶极高，光芒利落。大殿到处都是高而阔的窗户，没有一扇玻璃。

“回来了。”血王座像是复活了，发出声音。

“回来了。”牢牢抓紧英儿的手，王座背后伸出的双翅，让人心头一凛。黑色的翅膀带着英希红色的喙跃出王座。绛红色的袍子在他残暴的身上披着，显得虚伪而且无力。他伸手推开了英儿。

随他走过先祖羽毛铺就的红毯，脚下黏稠，似是淌着血。

“这是属于你的王座。”英希语出真诚。

可那不是王座，它明明张着嘴，羽毛没能裹住那些红色的牙齿。

等了太久……靠近它……

“不要！”英儿不顾一切地大喊。

坐下。英希这样暗示。

蜷缩。父亲的眼睛在那王座淌着血水的口中。临死前的，父王的，雪水一般眼睛。血王座接纳年少的王，牙齿钻入骨髓。

我将死在这仇恨中……

“陆鸣！”

沈念握着陆鸣的手，突然间，他的身体僵硬起来。连日的高烧正从陆鸣身上全面撤退，才一会儿，他的手就变得冰凌一样。“陆鸣！”沈念着起急来，“坚持了这么久，不要放弃！陆鸣！不要死！陆鸣！陆鸣！”

正在做饭的陆慈听到沈念的喊声跌跌撞撞冲进来。“他怎么了？”

“他要死了！”沈念的声音有着此生从未有过的绝望，“慈姐，他就要死了！”

陆慈推开她，搂住陆鸣迅速僵硬的身体。“胡说什么？他不可能死！”

“姐，我来！”孙荣听到声音也冲了进来，“陆鸣，混账，你给我醒过来！我们还有账没算，不准死，你听到没有？陆鸣——”

熟悉的声音缠绕在耳边，孙荣的脸浮现，像是过去叫他起床的每一天。孙荣很凶，脸色不太好看。试图挣扎，可血王座噬骨的痛撕裂了背上灰色的翅膀，疼痛带来麻木，英儿拼命冲过来——拉住她的手，可王座像是漩涡，带走他的一切……

“哥哥！”

父王的眼睛……我的眼睛……

英迟……我……

“英迟！”陆鸣高喊，猛地睁开眼，身体不再僵硬，手心重新泛热。

“他醒了！”孙荣大喊，陆慈激动得脚下一软，倒在沈念身上。陆鸣看着眼前憔悴的三人，知道世界不是他从前见过的那样了。他看着沈念，沈念也看向他，两人都不知如何开口。毕竟在连续昏迷六十三天以后，重新归来的生命让语言轻而又轻。在巨大的喜悦面前，张口说话，变得为难。

陆鸣挣扎着走下床，孙荣扶着他，走到窗边。

“那片箭竹林呢？”他问。

孙荣看着远处，黑漆漆一片。“箭竹林还在，就在那些黑色的翅膀下面。”

陆鸣不说话。他想起了刚才那无比真实的梦。

“英儿呢？”无人答他。

“英迟呢？”仍然无人答他。

陆鸣不再追问，门这时被推开，王平治带着Frida走了进来。看到陆鸣的一瞬，他们跪了下来。

“王。”王平治声音颤抖，“隐翼者白栩拜见荷鲁斯之子，穹城守护者，撒路法家族的真王——”

“白栩……”陆鸣念着这名字，看着曾处处与自己作对的校务督监，疑惑极了。

“你们还没告诉他吗？”王平治责备，他朝陆鸣鞠躬，然后站了起来。他关上窗户，像个指挥官那样，走到桌子后面，双手撑住桌面。“尽管这么说有些不敬，但是陆鸣，我现在必须把所有真相告诉你。”

“真相。”陆鸣环视四周，眼光掠过每个人脸上复杂的表情。他们无比关心他的安危，可陆鸣突然不在意这份关注。真相把他和他们隔开，高墙一样将他团团围住。

“我不要真相。”蛇洞里发生的一切在脑中闪过，陆鸣头痛欲裂，“你们都走，让我一个人待会儿。”

沈念上前扶住陆鸣，他却伸手把她挡开。

“王。时间已经非常紧迫，我们必须在英希大军到来前，做好所有部署。”王平治的手指在桌上敲着，陆鸣感到心烦。

“英希是谁？不要说，我不在乎。我说了让我一个人待会儿，你们都走！”陆鸣紧紧靠着窗户，如果身体向后一倒，他不确定自己是否还能像那日一样飞。可孙荣显然没有离开的意思，他冲上去，推开窗户，猛得扳过陆鸣的肩膀。

“看看外面那黑压压的都是什么！”孙荣发着脾气，这倒让陆鸣感到亲切。“你的敌人，或者说，你的子民！你不在乎！你不在乎我在乎。我在乎在场每一个人的生死。如果不是因为你，我们这些普普通通的人怎么会招惹那些怪物！”他看了一眼王平治，又看了一眼 Frida，“别瞪着我看，在我们看来你们的确是怪物。”

“他们不是。”沈念制止了孙荣，看向陆鸣，“他们和我们一样，都是有智慧、有灵魂、有良知的人，只不过是比我们多了一对翅膀。不要总以为我们缺少的部分其他人就不配拥有。他们是掌管天空的人类，他们不是怪物。”

“谢谢你，小姐。”王平治微微欠身，“孙荣，你是我最得意的学生。在这个时候，讨论我们之间的差异，真的比抵抗史上最残暴的黑鹰军团更有意义吗？把白鹰赶尽杀绝只是英希发动战争的由头，你以为，他会放过人类吗？你太年轻，根本无法想象他的野心。”

“那么你的野心是什么？”陆鸣冷不丁问道。

“复国。”王平治苍老的眼角划过一丝失望，“这还用问吗？”

“很抱歉。”陆鸣异常冷峻，“我没有那样的野心。”

“那么你的兄弟呢？还有，英儿呢？”Frida 的语气里没有责怪，也没有愠怒。这个女人声音里的平静让陆鸣明白，她同自己一样，正关心着英迟的生死，也忌惮着同英迟注定成为敌手的命运。

“他在哪儿？”陆鸣望向远处黑鹰的营地，“在那儿吗？”

“他不在那儿。”

仓水决出现在门口，一个女孩的声音在他身后响起。她的脸慢慢出现在众人的视线中。

“是你吗？英儿！”陆鸣走上前去。这不是他曾经看到过的英儿，她的头发蓬乱如麻，衣衫破得不成样子，闻上去还有股腐叶的味道。她站在仓水决身后，就像一棵被闪电劈掉一半的崖边树，摇摇欲坠，没了生气。

“他不在那儿。”她嘴里喃喃。陆鸣把英儿从高大的仓水决身后，拉到自己身边，王平治却突然挡在中间，一把推开英儿。“黑鹰养大的孽种！别以为我不知道你来这里的目的！”英儿被推倒在地，陆鸣并不理会王平治的劝阻，他跪下来，抱起英儿。“她是我妹妹。你们谁也别想碰她。”陆鸣那随时可以烧灼的眼睛扫过王平治，同时，湮没一直不敢吭声的陆慈。“再也没有人能决定我们的命运。”他看向孙荣，“再也没有人。”

“可她是黑鹰——”

“她是白鹰。我见过她的翅膀，比你们谁的都雪白漂亮。”

“我也见过。”孙荣想起英儿的那一双柔软白翅，一阵心疼。兄弟两人就这么看着英儿，她仍在喃喃。沈念默默离开屋子，脸上面无表情。真相于她就是悬镜，在陆鸣的世界里，她不过是个彻头彻尾的局外人。

他们是可以飞的生灵，而她，只有失灵的飞机。飞机……沈念像是突然想到了什么，朝着航校的方向，她加快脚步。陆鸣需要帮助，而人类需要自救。

英儿躺在床上睡着了，可她脸上的表情依然起着波澜。陆鸣看着她，想起昏迷时做的梦。

“我觉得，英迟是被囚禁了。”陆鸣的想法脱口而出，同样守在床边的孙荣点点头。

“他只是一个掌控不了国家的傀儡。”

“不，不是那样的。”陆鸣摇头，“他只是不幸背负了弑父的恶名。太多东西捆住了他。”

孙荣没想到陆鸣竟对英迟怀有这样的善意。

“我想，他从来没有真的想杀你。”

“这才是问题所在。”陆鸣看着孙荣，“如果他狠心一点，就能出色地完成任务，也就不会激怒那个什么英希。”

“可他下不了手。”孙荣想起英迟那张看似坚毅、残暴的面容，心惊于自己的冷漠。来不及藏起来了，陆鸣看到了他的表情。

“可你下得了手。”陆鸣只是笑笑，“我都能想象得到，你有多恨我。可我不想你难过，孙荣。”陆鸣低下头，“换作我，也是一样的。”

孙荣不说话了。陆慈就在这时走了进来。兄弟两人看了她一眼，又把眼帘垂下，似乎又有了某种默契。陆慈走到床边，放下三碗甜羹。

“都吃一点吧。”她说。

孙荣端起一碗，陆鸣却起身离开了屋子，留下陆慈悬置空中的手。手里的甜羹凝结，空气里都是孙荣吞咽的声音。

“我还没生气，他倒是气很大。”孙荣放下碗，“姐，我还是回来了。你怪我吗？”

陆慈摇摇头，转身离开。英儿就在这时睁开了眼睛。

“救救我哥！”英儿的眼睛里仍然有着某种慌乱，孙荣搂住她的肩膀，试图让她镇定。

“你哥到底在哪儿？”孙荣问道。

“血王座，大殿，牙齿……”英儿的眼睛又空了，孙荣摇醒她。“你哥到底在哪儿？”

英儿的眼睛从混浊变为明晰，她认出眼前的人正是孙荣。“他被囚禁了。孙荣，我哥被摄政王囚禁了！他让他坐上那把椅子，血王座，然后他的整个身体就陷下去了。好像那把椅子是一张巨大的嘴，我哥他就那么被吞噬了。”

“跟陆鸣的梦好像啊。”孙荣有些惊讶，“那么现在呢？英迟是死是活？”

“他活着。”英儿拼命点头，“他真的还活着。”

“你那么确定？”陆慈把身子转过来，眼里都是怀疑，“他都被吞噬了，你怎么还能逃出来？”

“姐，你在问犯人吗？”孙荣有些不满，“没看英儿情绪都不稳定，你就不能——”

“我不能。我不能拿你们的命去冒险。她的哥哥一直要置我们于死地，他们杀死了陆鸣的父亲，还有我们共同的父亲。你们现在却做出一副兄弟情深、兄妹深情的样子，怎么？就是要给你们共同都讨厌的姐姐——我——就是要做给我看吗？”陆慈越说越激动，她甚至掀开英儿的被褥，把她拖下床来，“说，你回来到底什么目的？如果那个摄政王真像你们说的那么恐怖的话，你怎么可能安然无恙地来到我们陆家？你这个骗子！”

英儿在拉扯中失了力气，她想到英迟渐渐被吞噬的眼睛，一阵眩晕，孙荣把她搂在怀里。

“不要相信她，孙荣！”

“我宁愿信她，也不要信你。”孙荣把英儿重又抱回床上，“她至少敢认自己的亲哥哥，你呢？看看你是怎么对你的亲弟弟的？”

“我……”陆慈语塞。

“陆慈姐。”英儿艰难地睁开眼睛，“我在穹城有很多朋友，他们帮我，我才逃得出来。我不是坏人。我……我哥哥也不是……”

英儿的眼睛放空，声音越来越弱，却越飘越远。它逆着黑鹰军团行进的方向，跃过箭竹远山，混着瀑布激荡的水气，在荒草地滚落成泥丸子，翻飞，崩裂，又作微尘远离，飘入穹城的阳光中。然而阳光无法穿透穹牢厚厚的铁壁，它只是抚摸，还微微带着英儿的声息。一天又一天，这声息渴望被铁壁中的人感知，渴望给他安慰。

英儿……英迟把头抬起来。昏暗中，这个动作并不在视觉上引起差异。羽毛错乱堆置，和他的身体一起，团在这黑色的小匣子里。穹牢里有无数折磨人的铁匣子，在空中不断摇荡，让囚犯不至于忘记他们属于天空，却也只能记住，自己不过是被摆布的一具肉体。英迟微微呻吟，四肢被严重挤压。扭曲的身体让英迟不安。然而越是奋力冲破这匣子，匣子却收得越紧。英迟已知这是徒劳。他并不后悔回到穹城，囚禁是早晚的事情。他只是后悔没把英儿保护好，一想到她可能也处在铁匣子里，英迟疼得就像被抽了筋骨。

“英儿”——他喊起来——他渴望听到妹妹的回应，他渴望得到那个确证：她还活着。英儿——他知道这是徒劳。可尽管如此，他还是再一次撑起双翅，四肢抵住匣子的边角，用尽全身力气推开逼仄铁壁。一道强光突然从眼前划过，继而是裂开的匣子。眼前正是一整个穹牢，和一条荡来荡去的女人的腿。

英迟把头探出来，遇上的正是 Frida 火热的眼睛。

“终于找到你了。”Frida 手里把玩的是一把纤薄锋利的羽刀。“看看那些开瓢的，都是为了找你付出的代价。”

“都是十足的恶人，不值得你可惜。”英迟跳过数个半切开的铁匣子，稳稳落在穹牢长廊。

“恶人？也包括你吗？”Frida 翻身落下，铁匣子从头顶掠过。

英迟赧然。“包括。”

“那我真该死，应该再靠中间来一点。杀死你这个冒充鹰王的大恶人。”

“冒充？”英迟把 Frida 举过头顶，“我是王，生来就是。”

“我想你没有必要跟我聊‘生来就是’这个问题。这不重要。重要的是我要救你出去。”

“一个叛徒，你来救我？”

“也是救我自己。”Frida 靠近英迟，“还记得我们的约定吗？你说过要还我们无翼者命羽。”

“既是叛徒，你还敢提过去的约定？”英迟摇摇头，“你最好别挡我的道儿。英希要发动战争，我必须——”

“迟了。”Frida 信步走向长廊尽头，“黑鹰军团已经抵达临阳，如果你想阻止英希发动战争，那么你肯定是来不及了。”

“什么？”英迟脚下不稳，“我究竟在这匣子里待了多久？”

“也就，两个多月？”Frida 又走了两步，突然停住了，“不对劲，这长廊怎么没个尽头？英迟——”Frida 扭转身来，然而英迟已经不见了。抬起头来，一个黑影笼罩穹牢上空。

“穹牢从来只进不出，天空才是唯一出口。”英迟扇动灰色翅膀盘旋。

“所以呢？你就要扔下救你的人，不顾她的死活吗？”Frida 喊了起来。话音未落，身子突然轻飘，没来得及反应，她的整个身体被英迟环抱怀中。

“我不会丢下漂亮女人。”英迟说道。

Frida 搂紧他的脖子，不无得意地浅浅一笑。

“所以现在呢？我们去哪儿？跟英希打一架吗？”

“英希可以等。”英迟全力朝穹城圣塔飞去，“看见那个闪着白光的地方了吗？我们要先去那里，还你翅膀。”

Frida 稳稳地在英迟的面颊亲了一口。英迟浑身一耸，羽毛都僵硬起来。

“飞起来的感觉真好。”Frida 摸摸脖颈，仿佛命羽从未被任何人剥夺。她的脚下，正是天穹之下的鹰人圣城。错落的塔楼环绕飞鹰，广场之上，传来乐声。街道总是在错落中随时送城中人起飞，路两旁都是被翅膀卷起的繁花落叶。Frida 再次搂紧英迟，似乎这只是一个带她遨游故乡的男人，根本就不是什么鹰王。Frida 感到一种前所未有的满足，甚至命羽都显得不那么重要了。

第十九章

箭竹林之战

陆鸣站在院子里才意识到，自家的围墙已经加筑得这样高。陆鸣看不到外面的街道，但听到了一阵嘈杂。他走到院门口，那里守着两个卫兵模样的人，他们披着雪白的披毡，头上围着黑布。到处都是那个所谓的白皇叔安插的人，这简直就是监禁。

“让开。”陆鸣推门，卫兵用长矛挡开了他。

“王，你不能出去。”

“这是我家。”陆鸣伸手夺过长矛，力气不仅恢复了，还远甚从前。他举起长矛，正欲刺开门锁，有人从身后拉住了他。

“你不能出去。”孙荣把陆鸣手里的长矛夺下，还给卫兵。“相信我，他们是在保护你。”

“一味缩在这里就是保护？”陆鸣把长矛放下，陷入沉默。他来回踱了几步，做了一个意味深长的深呼吸。“知道吗？我最近常常在梦里看到英迟……不，不是看到，是感到。我觉得我们是在同一个命运里挣扎，真的，我能感觉到他的痛苦。”

“Frida 老师不是已经去救他了吗？”

“不，这远远不够。”陆鸣走近院门，“我想拯救我们自己，包括你，孙荣。我想走到街上，去感觉人们的痛苦。孙荣，我不想再被人摆布。我不知道，我是不是表达得清楚，我的意思是，我不会为了复国，不会为了他王平治所谓的那个国，那个我命定的故土——我不会，我不能，仅仅是为了复国而战斗。孙荣，我需要到街上去，用我自己的眼睛去看，去理解，我身上到底发生了什么。甚至那个英希，如果他卑劣、残忍，那么让我自己去看，去打败他。如果整个城市真的遇到灾难和威胁，我会站出来。可我必须自己站出来，孙荣，我讨厌那些用命运来安排我行动的人。父亲、姐姐、梁平、王平治，甚至你，你们都在用我的命运看待我，要求我，期待我，可我呢？真正的我在哪里？你们真的关心吗？”

“没有人比我更关心真正的你了。”孙荣也走到门口，“你一直也关心着真正的我，不是吗？”孙荣搂住陆鸣明显宽厚了不少的肩膀，两人贴近斑驳的门。“你听得到外面的声音吗？有愤怒，有渴望，有热情，他们在干什么？我想知道。”陆鸣面向孙荣，“我们一起打开这门，怎么样？”

“王！你不能出去！”卫兵挡在门前，“你不知道外面都是些什么人！”

“临阳城的人，还能是什么人？”陆鸣正色道，“让开，我要出去。”

“你要想清楚了，他们对你可能不会很友善。”孙荣善意劝告。

陆鸣不再说话，闭上眼睛，然后猛地拉开院门。他首先看到的是一双双拥挤的眼睛，他们争先恐后，却在看到少年鹰王的一瞬，定格了。人群安静下来。陆鸣试探性地迈出一小步，突然一颗小石子飞来，打在了他的额头上。

“滚出我们的城市！”

“怪物！”

“去死吧！鹰头怪！滚出去！”

更多的石头纷纷砸来，卫兵张开披毡，挡在陆鸣前面。怪物……陆鸣愣住了。当真的有人在他面前喊“怪物”两个字时，陆鸣才真正明白它给他带来的伤害。我真的是怪物吗？陆鸣在披毡的佑护里自问。人群涌了上来，陆鸣耳边涌起最恶毒的诅咒。他听明白了，他们要他只身赴死，他们要他死，来换取整个临阳的生。人群在推搡，尽管隔着厚厚的披毡，陆鸣还是能感觉到这个他依赖的、热爱的人间，正拼命将他驱赶。呼吸在挤压中变得慌乱，陆鸣牢牢抓住孙荣的手，手心都是汗。突然，巨大的翅膀在眼前展开。为了保护国王，两个卫兵张开白翼，像人海中突然张起的帆，涌动的人群猛地后撤，他们受惊了，人海终于归于静寂。

“我不是怪物。”陆鸣踱出陆宅庭院，走向人群。“我叫陆鸣，我在这个人间已经生活了十几年。今天，你们站在这里，说着你们的恐惧。你们害怕因为我的缘故，送上自己无辜的生命，你们怕，因为我父亲陆溪堂当年的善意，而葬送你们本来就兵荒马乱的生活。可我何尝不怕呢？我何尝愿意承担黑鹰、白鹰、人类甚至是蛇人的仇恨，我哪里担得起呢？在长出第一根羽毛以前，我还以为自己终究是个一事无成的臭小子，我连成为飞行员都不敢奢望！就是这样一个我，却突然成了复国的唯一希望，成了决定临阳城生死的人。你们看看我，我承担得起吗？”

陆鸣看向人群，他的眼睛可以清清楚楚地看到每一个人脸上的无助和慌乱，他们同他一样困惑。这时，沈念飞起来的发丝映入眼帘，她站在人群中，却超脱于外，莞尔一笑，还是那个坚毅勇敢的沈念。陆鸣回忆起蛇洞一幕，沈念把他搂在怀里的感觉，就像一个远征的男人终于回到爱人平坦的小腹，他枕着原野一样的她的身体，感到平静和幸福。

陆鸣回之以微笑。

“我以为我承担不了。我也曾怨恨父亲、姐姐尽管善意但失当的安排，我怨恨他们对我兄弟孙荣的不公，怨恨命运的捉弄，可命运本身就是我走过的路。没有本来就安排好的命运，只有回头一望，已经走过的歧路。当我的兄弟受难，我的妹妹，甚至我自己被利用、被摆布；当我没有权利，甚至被剥夺了勇气，再也无法靠近自己喜欢的人；当整个城市都因为我深陷灾难，面临大军压境，我不能不承担。可我必须站出来告诉你们，我必须从自己身上卸下你们强加给我的责难，我必须认清，我的错不在于十几年前就被安排好的身份，而在于，我勇敢得太晚，我成长得太慢。现在，在我和英希之间隔着的，在白鹰和黑鹰之间隔着的，正是像父亲、姐姐、兄弟和我的——”陆鸣望向沈念，“爱人那样善良、勇敢的人。我可以去战斗，但不是为自己，也不是因为我的族人，而是因为你们曾在一个王国无助的时候，收留了来自那王国的生命。站在这里，我能看得到飘扬在箭竹林的可怕旗帜。我必须告诉你们，黑鹰要践踏的是每一个生命，而不只是我，或者我们这些长着翅膀的人。所以，站在中间的你们，是否愿意跟我并肩作战？我不缺少勇气，也不缺乏战斗的理由，我缺少的是战友，是你们。”

人群的表情似乎多了一抹坚定，然而面对陆鸣的问题，没有人回应。沈念穿过人群，像一尾轻灵的鱼，来到陆鸣身边。陆鸣看向她，也看向她身后，一支着装整齐的飞行队。

“我们就是你的战友。”沈念回头一望，身后都是她挨家挨户找回来的航校同学，“不是所有人都愿意帮你，但只要有一个人愿意站出来，我们就没有理由不战斗。”

“战斗！战斗！战斗！”这些身着飞行服的同学高喊着，不断有人加入到队伍中来，不一会儿，几乎所有人都在高喊“战斗”，人群的愤怒转化为热情。陆宅里的人也纷纷走了出来，站在陆鸣身旁，或是身后。王平治在窗前站立，始终看着他必将拥护的新王。所有的疑虑都消失了，陆鸣确实是哥哥白翊的儿子，当之无愧的真王。王平治把目光投向那片黑压压的箭竹林，他知道，在黑暗深处，也有一双血红的眼睛，正看着他，看向这里。

“依你之见，我们需要多少时间才能攻下临阳？”英希身着绛红色的袍子，看着临阳城。鲁阿凑上来，说道：“摄政王，临阳驻兵不多，在食人鹰作乱时期，死的死，逃的逃，剩下的溃不成军。那些航校学生嘴上还没长毛，不能当军人看。”

“我指的不是人类，我说的是白栩领导的白鹰隐翼者。”

“那就更不足为惧了。”鲁阿笑笑，“他们可能连怎么飞都忘了。”

“是吗？”英希的目光魔鬼一样收了回来，盯住鲁阿，“照你的意思，我们可以长驱直入了？”

“也不是。”鲁阿赔笑，“那个少年鹰王，不是，那个白鹰孽障，还是有两把刷子的，毕竟，他，他有真王的鹰眼……咱们的少王亲口说的，我猜他都怕。”

“真王……”英希低吟，背过身去。

“摄政王，您真的不打算释放少王吗？囚禁国王可是大罪，对我们很不利，不如——”

英希捏住鲁阿的脖子，喝道：“不如放了他？看来你对英迟很有感情，不如，你到穹牢的铁匣子陪他？”

“不，不是——”鲁阿连连摆手，“我不是那个意思。”

英希把鲁阿甩在地上。

“那就少为没用的人求情。今夜攻城，去把我的铠甲擦一遍，要比晚上的月光还要冷，还要亮。”

鲁阿爬起来，匆匆退下。他走进英希的营帐，一刻不敢耽搁地擦起铠甲，转眼暮色沉沉。鲁阿把煤油灯点亮，却忽然听到一阵机器的轰鸣。这是大部分鹰人都不熟悉的声音，可鲁阿再熟悉不过了。飞机……鲁阿抬起头，看到营帐上空掠过阴影。英希也听到了让箭竹林战栗的轰鸣声，他的眼睛定格在一只僵硬的怪鸟身上。那怪鸟吐出一枚黑色的“石子”，直直朝他所在的地方坠落。英希迅速张开双翅，飞入天空。“石子”坠入营地，豁地发出巨响，炸起火光。更多的“石子”坠入箭竹林，营地瞬间化为火场，不少黑鹰因为翅膀着火而无法飞行。英希在空中看着眼前一切，怒火从胸腹涌出，钻出喉咙，在空中爆发出可怕的鹰鸣。

驾驶着飞机的沈念听到这声音马上警觉，她朝不远处的汪飞打着手势，要他尽快撤离，可汪飞沉浸在自己的战绩中，根本看不到沈念的提醒。英希显然也看到机舱中得意的汪飞，他的翅膀朝下用力一扇，他便如影子一样，遽然消失。沈念不敢相信自己的眼睛，在她还在寻找英希的身影时，汪飞已经尝到了苦果。英希突然出现在机舱正上方，他朝着汪飞的天灵盖，用力一击。沈念望过去时，不禁倒吸一口凉气。英希的利爪从汪飞的口中伸出，鲜血淌在空中。沈念几乎忘记自己正身处飞机之中，只知道眼前一幕残忍到让她失去了行动的意识。英希反手一拧，汪飞的身体便同飞机一起坠落，而他的头颅，仍被英希抓在手中。

沈念的飞机开始失衡，她的眼前都是汪飞血淋淋的脑袋。沈念失声大喊，机尾被另一只黑鹰擒住，她的身体一颤，整个飞机便被甩向大地。大批食人鹰听到英希的召唤也纷纷赶来，寥寥几架飞机很快便被蝗虫一般的食人鹰团团围住。沈念在绝望中等待坠地的毁灭之声，就在这时，陆鸣抵住了整架飞机的重量，把它抱在怀中。

“陆鸣，汪飞他……”沈念的声音里带着哭腔。

“我知道，先别急，别害怕，来，你爬过来。”

沈念点点头，小心翼翼地爬出机舱，搂住陆鸣的脖子。陆鸣把飞机掷向地面，沈念看到营地已是一片混乱。不少临阳市民惨死于黑鹰军团的营地。

“怎么办？我们没有胜算。”

“别担心。”陆鸣朝更高处的孙荣飞去，“我先把你送到孙荣的飞机上，你们合作，我相信没有问题。”

“那你呢？”

陆鸣看向英希，那人扬手一劈，一架飞机迅速裂成两半，坠入正迅速死去的大地。

“我要杀了他。”陆鸣低声说道。

鲁阿穿上英希的铠甲，躲在树后，他观察着战局的变化，竟看到了空中飞来一个无比熟悉的身影。

英儿公主。

鲁阿又惊又喜。英儿甚至比男儿还要英武，白色的翅膀在箭竹林灵巧穿过，手中握着羽刀，毫不畏惧地与食人鹰厮杀。然而战况对英儿不利。在突袭慌乱中反应过来的黑鹰军团，迅速集结。他们拉开弓箭和巨弩，疾飞入空，围成九层阵列，将白鹰和飞机都团团围住，而地面上临时集结的人类队伍见势不妙，纷纷逃出箭竹林，躲入黑暗之中。

陆鸣冲向英希，可就在这时，万箭齐发，白鹰所在犹如一个柱形的箭桶，除了往上飞，他们毫无办法。陆鸣只好暂时躲在飞机下面，躲避箭弩。他知道这时只有荷鲁斯之眼可以帮他扭转战局。然而他凄然地意识到，这一次，荷鲁斯之神，并未眷顾他。英儿在低空寻找遮蔽物，可黑鹰的箭越来越密集，她的翅膀不幸中箭，飞行变得艰难。

“孙荣！我们必须做点什么！”

“是——可是我们弹药不足，没法朝他们开炮！”

“那就打乱他们的阵形。”沈念躲避着从四面八方射来的箭，“必须打开一个缺口！”

缺口。孙荣搜寻着黑鹰军团最薄弱的区域，疾飞而去。一支箭射在了他的肩膀上，孙荣撇下箭尾，朝那射箭的方向冲去。陆鸣以飞机为盾，本想寻求更好的时机，可没想到英希愈加猖狂。陆鸣只觉肩上一沉，他知道这是又一个飞行员牺牲了。

“你就是陆鸣。”

身后突然传来一个阴鸷的声音，陆鸣扭头，正是英希。英希举起飞机扔向大地，他一把擒住陆鸣的脖子，把他拽到万箭交汇之处。箭雨忽然停止，所有的黑鹰都悬停空中，等着英希发号施令。

“整个王朝的遗孤如果被乱箭射死，是不是太可惜了？”英希松开手，“我们至少应该来一场决斗。不如你亮出真王的眼睛，让我这个出身卑贱的黑鹰也尝尝捏爆荷鲁斯之眼的感觉。”

“你休想。”陆鸣扇着白色的翅膀，风让他感到力量正在积聚，而同伴的目光，让他明白，眼前这个可怕的存在，今夜必死，否则整个人类世界，都不会再有明天。陆鸣大喝一声，冲向英希，可英希身手敏捷，只是轻轻一躲，陆鸣便扑了个空。陆鸣一转身拽住英希的翅膀，英希失去平衡，身子一斜。陆鸣扑到他的背后，试图从背部撕断这乌黑如墨的强悍翅膀，然而英希把右手朝后一伸，便牢牢抓住陆鸣的脑袋。钻脑之痛让陆鸣不得不松开英希的黑翅，双手挣开英希的利爪，陆鸣飞离恶魔之手。英儿伏在树冠中看着眼前一切，欲从后面突袭，然而刚飞离树丛，一支冷箭就冒了出来。鲁阿来不及思索，疾飞，挡在英儿身前。在英儿惊异的目光中，鲁阿坠落。他身着明亮的铠甲，可那一箭偏偏射在了他的颈后。英儿朝鲁阿飞去，眼泪落在层层的叶子上。这是养她长大的人，英儿再掩不住内心的悲痛。

“白鹰个个不堪一击。”英希眼神一斜，看向气喘吁吁的陆鸣，仰天叹道，“鹰神啊，为什么要选中烂泥一般的白鹰，而不是我们，这些黑铁般的勇士呢？”

“因为你们不知生命为何物。”王平治仿佛从天而降，仓水决踩在一大片白翼之上，如履平地般，甩出数张巨大的捕鹰网。黑鹰军团阵脚大乱，为了摆脱巨网和到处乱飞的蛇索，四处溃散。沈念看准时机，命令所有的飞机开始空中扫射。局势反转，然而英希似乎并不慌乱。

迎面飞来一根蛇索，英希绕在指尖。

“蛇索，白鹰已经沦落到与蛇人为伍了吗？”英希笑起来，“不知道鹰神看到这一幕作何感想呢？小王子，与其为蛇人沆瀣一气，何不干脆臣服于我呢？我会留你们一条贱命。”

“放屁。”王平治怒火中烧，“一个叛国的贼人，还敢污蔑我们的少王。”王平治作势俯冲，仓水决想拦却没有拦住。

“看来你是要毁了我和小王子的决斗。”英希的目光随王平治降落。

“你不配与国王决斗。我现在就要杀了你这个逆贼。”

“就你？老朽一个。”英希冷笑，“你们全都一起来，我也不怕。”他突然飞离，不见踪影。陆鸣知道不妙，他警觉地看着四周，感到英希在四面八方，却抓不到他的身影。忽然，陆鸣在王平治身后看到了英希那可怕的红色眼睛。他的嘴角漾起笑意，陆鸣大喊，却已经来不及了。英希的两只冰冷的爪子扣在王平治眼睛之处，没等王平治反应过来，他的爪子就捏爆了这位皇叔的头。刚刚还义正严辞咒骂逆贼的王平治，此刻脑浆飞溅，翅膀僵在空中，片刻，整个身体都无情坠离他日夜思念的天穹。

陆鸣仰天啼鸣，他不顾一切地冲向英希，与他扭打在一起。两人跌落树林，万叶纷落，扬起尘烟。陆鸣感到四周都在被捏碎，他开始后悔，为什么之前对皇叔那般冷漠。刚才残忍的一幕在眼前挥之不去，他知道自己再也看不到那张脸，而他，还从没好好看过——

陆鸣眼前一片漆黑，悲恸让他的行动失去了方向，英希趁机把他死死扼住。陆鸣已经无法动弹，而英希随时都可以捏断他的脖子。就在这时，陆鸣听到耳畔响起一个声音，呼啸，然而温暖。

“杀死他之前，我们是不是应该先有个了断。”

是英迟。陆鸣的眼睛清晰起来，英迟缓缓降落，Frida 站在他身旁，身后披着姣美黑翼，一个又一个曾经的黑鹰无翼者从天穹降落。陆鸣欣慰，英迟未死。

“我早知道你不会忠于我。”英希扭过身来。

英迟冷笑：“我是王，你是臣，你竟然要求我的忠诚。”

“我救你一命，你的命就是我的。如果不是我，你早死了。这世上没人真的在意你的生死，只有我。”

“你错了。”Frida 走上前来，“真正在意英迟生死的人，不会逼他弑父。你以为他是你调教出来的复仇机器，大错特错。他有血有肉，而且，他如今是我在意的人。”

"爱情。"英希冷笑，"没想到你这孩子还收获了爱情。"英希走近英迟，陆鸣紧张起来。英迟把 Frida 护在身后，可英希比他还快。他已经站在 Frida 背后，拽住她的头发。等英迟扭过身来的时候，英希已经飞起，Frida 被他拎在空中。

"英迟，你这一生注定罪恶，幸福不属于你。别妄想了，乖乖站在我这边。我们把白鹰杀死，你还做你的国王，我还做你的救命恩人……"

"休想——"陆鸣站起来，眼周闪着金光，旋转的眼睛飞出红色弧线。他似乎更加高大了。一道白光闪过，陆鸣飞入空中。他猛地睁开灼火的眼，火光直射英希的背部，翅膀根部开始燃烧，英希慌乱，松开了 Frida。英迟就在这时跃起，举起羽刀，朝英希的心脏处狠命刺去。英希死死抓住这刀，反手抵向英迟脖颈。然而在黑夜中燃烧的翅膀让他失去了飞翔的能力，陆鸣飞近，扯住他的双翼，使出全身力气，撕断了这对罪恶的火翼。只听英希一声嗷叫，继而一声巨响，英希落入林中。奄奄一息的他看到英迟走近，仍然奢望求饶。但英迟没有给他这个机会，只把羽刀稳稳插入恶魔心脏，看鹰神之火灼烧着英希残缺的身体。

"他不配拥有翅膀。"陆鸣降落，声音冷峻而沉重。他跟英迟彼此对视。火光把兄弟俩的亮丽羽翼，全都染成辉煌的金色。英迟迟疑了一会儿，然后跪下一条单腿，这是俯首称臣的信号。大地发出了隆隆的轰鸣，陆鸣默然收起翅膀，把身体转向远方。

"沈念，她在哪里？"陆鸣看向正在变得绯红的天空。上面滚动着垂直矗立的云彩，看起来就像是一株巨大生命树，立于天地之间，白色的鸽群在树上编织着闪光的树叶。一种天籁开始唱响，仿佛是鹰国的颂歌。空气里顿时弥漫着鲜花的芳香气息。整个世界都在向他祝福。这是为新一代鹰王诞生而涌现的仪式，他就站在这仪式的中心。

陆鸣满含忧伤地看着群山的尽头，那里悬挂着一个跟沈念驾机飞跃天际的梦想。他知道，现在他离那个梦想走近了一步，但也只是小小的一步而已。沈念正在某处向他发出召唤。他于是再次展开白色的巨翅，向烟霭迷蒙的大地飞去。

出版后记

“谜托邦”系列，是朱大可工作室出品的诸多品牌之一，它包括神话（魔幻）、悬疑、历史探秘和都市推理等诸多类型。

作为阅读市场的重要组成部分，“类型小说”在中国并未得到充分发育，但仍可以被粗率地划分为两大基本类型。

第一类是网络写作。这是一种互动式集体写作，以连载为基本传播方式，依照网民意志而不断修正写作方向，最终成为作者和网民的共同作品。此类写作的好处，就是以一种更加“刻奇”（Kitsch，旧译“媚俗”）的立场取悦读者，而将小说读本的商业性推向极致。此类小说有望成为广泛阅读的畅销书，但它的短板，在于作者很难借此塑造独立风格。它是一种缺乏主体性和个人话语风格的公共文本。

第二类叫作书桌写作，它保持了传统的个人经验的基本特征。这其实就是一种封闭式书写，在完成电子或纸质出版之前，读者无法介入和影响小说的文本书写。相比网络写作而言，书桌写作能够塑造真正意义的独立作家，而令文学免于沦为集体口水的牺牲品，但它的短板在于，难以跟大众达成亲密的市场联盟。

“谜托邦”的作者，都是出生于20世纪80年代晚期和20世纪90年代早期的青年作家，毕业于同济大学和复旦大学中文系。他们依靠个人经验和写作技巧，书写那些历史传奇故事。在想象力和叙事能力方面，他们显示出与众不同的才华，而他们的三大短板，分别是剧情设计、人物性格塑造和对大众趣味的洞察。这些弱点与生活经验的稀少有关。

“谜托邦”写作计划，便是针对这种现状而设计的妥协性方案。整个写作程序，是以工作坊集体参与的方式，筛选故事种子，反复讨论故事大纲和人物设计，然后再由执笔者将其转化为文字。这无疑是一种有意义的书写实验。我认为，只有借助这种向内部开放的半个人写作，才可能布置文学和市场双赢的格局。

“谜托邦”写作计划，源于我的神话研究成果。2014年出版的《华夏上古神系》，可以视为“谜托邦”的理论根基。例如，《鹰翼之醒》的故事原型，就出自《华夏上古神系》一书。我们面对的，是人类最古老的“鹰蛇对抗”模式（在中国演变为“龙凤呈祥”的和解模式）。在“谜托邦”写作过程中，鹰蛇对抗被还原到原型的层级，并从中进一步化育出发生在现代航校里的黑鹰和白鹰的激烈对抗。神话原型是“谜托邦”幻想写作的内核。没有这样的内核，幻想小说就会丧失脊骨，并跟绝大多数类型小说一样，化为转瞬即逝的市场泡沫。

神话原型研究的重要目标，就是把中国神话跟亚洲其他地区神话做深刻的对接，以此改变传统神话叙事的困窘格局。《波斯镜灵》和《鹰翼之醒》指涉了波斯和印度，戏剧性地呈现出“亚洲神话共同体”的斑斓景象。没有这种亚洲化乃至全球化的视野，就无法写出真正的“现代神话”。

好莱坞神话电影（《魔戒》《阿凡达》《哈利波特》《纳尼亚传奇》《神战权力之眼》《冰雪奇缘》以及所有漫威式的英雄传奇），都拥有自己的“神话圣经”，那就是神话学家约瑟夫·坎贝尔的《千面英雄》，他在书里陈述了英雄成长的基本模式及其变体。坎贝尔的研究点亮了银幕上的美国神话。但仅有坎贝尔是远远不够的。漫威电影正在暴露其神话叙事的弱点——公式化、概念化和程式化，而这也是整个好莱坞电影的困境。美国人未能获得更多的古老原型，只能反复消费单一的英雄原型，直到它成为僵硬的市场模板为止。

这从另一角度暗示了中国人的写作优势。作为一个具有漫长历史的民族，中国人显然握有更复杂多样的神话原型，而这些奇诡的“非物文化遗产”，至今都没有得到有效的利用。“谜托邦”写作计划试图改变这个现状。可以确信的是，我们已经打开了通往神话的大门。我们正走在神话叙事的新路上。如果“谜托邦”有朝一日能够成为小说阅读和影视改编的“热门货”，那么它一定取决于神话原型的力量。它来自历史深处。它是人类共同欲望的简洁表达。谁握住原型，谁就握住了人类普遍价值的内核。而这是“谜托邦”写作计划的全部要义。

我要在此感谢东方出版社的编辑们。没有编辑们的卓越努力，“谜托邦”第一季就无法顺利面世。这场神话实验还将长期进行下去，但愿它能给类型文学和影视业带来细小的改变。

古时候有这样一个故事，说的是一位伟大的木匠师傅，带着一群年轻徒弟，准备打造一座世上最美丽的楼房。20 年过去后，楼房终于盖好了，但徒弟们却无法欣赏自己的杰作，因为他们的眼睛都瞎掉了。这个故事的关节点在于，他们的眼睛为什么会瞎掉？答案是出乎意料的：徒弟们认为自己根本无法造出最美丽的房子，为了逃避这样的宿命，他们刺瞎了自己的眼睛。但房子造出来之后，却赢得了人们的一片赞扬，因为民众看见了楼房的无限美丽之处。

这个故事试图告诉我们，不要畏惧实验可能带来的失败。而任何发自内心的信念，都能超越盲目的眼睛，成为撑起小说楼宇的坚实支架。

图书在版编目（CIP）数据

鹰翼之醒 / 卜知客著. — 北京：东方出版社，
2016.4
ISBN 978-7-5060-9019-3

Ⅰ. ①鹰… Ⅱ. ①卜… Ⅲ. ①中篇小说－中国 －当代
Ⅳ. ① I247.5

中国版本图书馆CIP数据核字(2016)第088156号

鹰翼之醒

（YINGYI ZHI XING）

作　　者： 卜知客
产品经理： 张　旭
责任编辑： 王莉莉　张　旭
出　　版： 东方出版社
发　　行： 人民东方出版传媒有限公司
地　　址： 北京市东城区东四十条113号
邮政编码： 100007
印　　刷： 北京中新伟业印刷有限公司
版　　次： 2016年7月第1版
印　　次： 2016年7月第1次印刷
印　　数： 1-6000册
开　　本： 640毫米×880毫米　1/16
印　　张： 14.5　彩插：8页
字　　数： 120千字
书　　号： ISBN 978-7-5060-9019-3
定　　价： 36.00元
发行电话：（010）85924663　85924644　85924641

“谜托邦”系列正在更新！

波斯镜灵

卜知客 著

在石镜的深处，浮现的是谁的灵魂？

鹰翼之醒

卜知客 著

注定飞翔的你，注定飞翔的你，终将展宿命巨翅，飞跃天际……

诡面谜花

卜知客 著

活在这珍贵的人间和孤独的都市，你所见的远非真实。

巫灯

卜知客 著

昏暗巫灯一盏，燃续千年传奇

敬请期待“谜托邦”第二季